日本推理
名家名作选萃

U0690984

雾闭之旅

[日] **西村京太郎** 等著

徐明中 译

文汇出版社

图书在版编目（CIP）数据

蒙闭之旅/（日）西村京太郎等著；徐明中译 . —上
海：文汇出版社，2019.1

（日本推理名家名作选萃）

ISBN 978-7-5496-2780-6

Ⅰ . ①蒙⋯ Ⅱ . ①西⋯ ②徐⋯ Ⅲ . ①推理小说—小说
集—日本—现代 Ⅳ . ① I313.45

中国版本图书馆 CIP 数据核字（2019）第 009556 号

蒙闭之旅

责任编辑 / 戴　铮

封面装帧 / 黄晨伟

出版发行 / 文匯出版社

上海市威海路755号

（邮政编码200041）

经　　销 / 全国新华书店

照　　排 / 上海歆乐文化传播有限公司

印刷装订 / 启东市人民印刷有限公司

版　　次 / 2019年2月第1版

印　　次 / 2019年2月第1次印刷

开　　本 / 890×1240　1/32

字　　数 / 160千

印　　张 / 7.5

书　　号 / ISBN 978 - 7-5496-2780-6

定　　价 / 28.00元

目　录

蒙 闭 之 旅

（日）西村京太郎

第 一 章

1

接到这封信后，矢代考虑了一下，最后还是决定按时赴约。

事情过去五年了，人与人之间的怨恨也该随着时间的流逝而淡忘了吧？

矢代认定这封邀请函是阿部寄来的。刚才打电话问原田，他也说收到了阿部寄来的邀请函。

矢代问原田："你打算去水户吗？"

原田爽快地回答："我正想找你商量呢，自那以后一直没有去过，很想再去看看久违的水户。"

矢代充满着感情说道："我的想法和你一样，内人也非常想念水户。"

"是吗？我和你都不在水户出生，由纪可是地地道道的水户人呢。"

"你有田村的消息吗？"

"听说在横滨经营一家小餐厅，好像还没有结婚。"

"你结婚了吗？"

"已经订婚了，准备在明年春天举行婚礼。到时一定把喜帖寄给你。"

"这样吧，你这次就带着女友去，如果田村方便的话，叫他也一起去好了。"

"我和阿部说了，这次由我和他、你、由纪、田村、绿子六个人组团出游。"

"人数也太少了，五年前的隔阂不是已经完全消除了吗？你还是把女友带去吧。内人由纪说了，在水户和阿部和解后，就一起去东北地区旅游，在那儿泡泡温泉该多好，阿部也曾经这样说过。"

"你说得也是。只要四五天的休假就能了却心愿了。我的女友虽然年轻，但很喜欢泡温泉，在大学时代就和其他女生专门组织了一个温泉研究会。"

"那还犹豫什么？一起去吧！我攒了很多有薪假期，这次打算请五天假。"

"如果从水户出发，应该先去福岛，那儿有饭坂温泉，也许档次不是很高。"看来原田已经完全被说服了，露出了急不可待的语气。

矢代笑着挂了电话。

对他而言，水户有着快乐和痛苦的双重回忆。他在那儿度过了四年的大学生活，并作为文学青年，和大学同学共同创办了名为《东海沙丘》的同人杂志。

水户是名胜之地，自古就有"水户八景"的美誉，东海村的沙丘就是八景之一。

一起创办杂志的共有六人，除了矢代，还有阿部、原田、田村、由纪和绿子。当时有人想将来当作家，也有人只是出于青春的回忆，现在想想已经没有太大的意义了。六人中间，五个人早已远离了文字生涯，只有在办杂志时被认为最没有当作家才能的绿子，现在依然醉心于小说创作。

《东海沙丘》杂志从大学二年级时发刊，到了大学四年级的秋天因一起事件突然终止了。

六人中唯一具有领导资格的是阿部，他不但最年长，和社会上的浪人有一定的关系，而且比其他五人看的书多，具有约请著名作家为杂志撰稿的卓越能力。

创刊初期，矢代和其他同人都敬服阿部的才能，认为有他当杂志的领导，每个人的脸上都有光彩。谁知事与愿违，最后反而掉进了纷扰的泥淖。

阿部变得越来越傲慢，甚至若无其事地给众人带来了极大的麻烦。

N是他们大学里的前辈，也是当下的一位流行作家。

阿部去东京拜访他时，曾提起创办杂志的事，希望对方予以赞助，N当即拿出了十万日元的捐款。阿部未和其他人商量，私自侵吞了这笔捐款。

没过多久，N发来明信片，责问为何没有寄送杂志，矢代他们这才知道事情的原委。后经查实，阿部的贪污行为还涉及其他方面，甚至把大学周边茶室等店家的赞助费也一声不吭地占为己有。

矢代等人再也忍不住了，联合起来把阿部从杂志社开除了。

2

那是大学四年级的秋天。

矢代认为，阿部虽然被杂志社开除了，作为朋友还可以继续来往。

但是阿部却突然离开了大学。

矢代不知道阿部离开大学的理由，因为他们并没有向外界透露阿部贪污赞助款的丑事。

大学毕业后，矢代和杂志社的同人由纪结了婚。

直到那时候，他才明白了阿部突然离开大学的理由。

原来阿部一直暗恋着由纪。他在其他方面很强势，却不善于博取由纪的芳心，造成言谈举止很反常。时而迷恋由纪，时而独自烦恼，时而又无端发火，甚至大肆挥霍买醉，他的贪污行为也许就是为了这个缘故。

被杂志社开除时，阿部很伤心，看到心爱的由纪也站到了自己的对立面，他彻底绝望了，一怒之下离开了即将毕业的大学。

此后，任性倔强的阿部还企图用刮胡子的剃刀割腕自杀，留下了很深的伤痕。虽然警方认为他并不想真的去死，但也给矢代等人带来了沉重的打击。

矢代和由纪结婚后，最初想在水户落户，去市内的银行就职。由于发生了阿部自杀未遂事件，不得不急忙迁居东京谋生。

五年过去了。

矢代突然收到了阿部寄来的邀请信。从信的内容来看，他的心情很不错，真诚地希望大学时代的六位同人欢聚一堂，共同回忆学生岁月的快乐时光。最使矢代动心的是信中披露的两条消息：阿部已结了婚，并且成功地开了一家茶馆。

如果阿部至今未婚，不管怎么邀约，矢代都不会带着由纪再访水户。因为阿部爱过由纪，难免旧情未了，所以在他独身的情况下是无法成行的。

于是，矢代向就职的银行请了五天假，于十一月七日带着由纪直接去了上野火车站。

原田和他可爱的女友早已在上野火车站恭候了。

"她叫加藤敬子。"原田有些害羞地向矢代夫妇介绍了自己的女友。

矢代听原田说起他们两人都是二十七岁，只是敬子身材娇小，看上去比原田更年轻。

他们四人一起乘上了下午两点发车的特快列车"常陆23号"，只需一小时二十一分就能到达水户。

乘上列车后，大家的心情非常愉快，仿佛过去的纠葛已随风而去。

"田村一直联系不上。"原田看着车窗外的景色，对矢代说道。

矢代有点遗憾地点点头："我也想联系，就是不知道他的住址。"

由纪和敬子没有参与他们的谈话，只是起劲地谈论着当下的时尚话题。

原田从包里拿出一份东北地区的温泉指南，得意地说道："这是我通过旅行社专门收集的。"

提起这个话题，两个女人也兴趣盎然地加入进来了。

原田暧昧地笑道："听说里面还有专为男性服务的温泉。"

敬子开玩笑地回了一句："你们男人知道有这个项目最开心了，还是赶快去吧！"

矢代慌忙拒绝："我可不行！"

原田嘲讽道："知道，知道，你是出了名的'妻管严'嘛。"

说说笑笑之间，列车很快到达了水户火车站。

3

从列车走下月台后，矢代对火车站的巨大变化格外吃惊。因为火车站建起了一座气势恢宏的六层大楼，列车在一楼停靠，检票口设在二楼。

"啊，完全变了！"由纪一走出检票口，情不自禁地发出一声惊呼。

水户是茨城县的县政府所在地，人口不满二十二万，所以没有大城市的气派，也没有发生过重大的历史事件。

矢代的头脑里一直保持着这座小城过去寂寥静谧的印象，这次故地重游才领悟到水户的巨大变化。

四个人刚走出火车站的北出口，就听到一声大喊："快过来，我在这儿！"

喊话者正是阿部。他和一个戴着墨镜的女子一边挥手，一边朝着四人的方向走来。阿部在大学时代就是大胖子，现在更胖了，简直像个巨人。

"欢迎大驾光临！"阿部笑嘻嘻地说了一句，又指着身边的女子介绍道，"这是我的老婆！"

那个女人优雅地摘下墨镜，矢代和原田，甚至连由纪都不约而同地发出"啊！"的一声惊呼。

原来她就是杂志的同人绿子。

原田打趣道："这是怎么回事？和绿子结婚也不事先告诉我们？"

阿部挠着头皮，"是我不好，总觉得有点难为情。"

"恭喜你，绿子！"由纪真诚地祝贺绿子。

阿部提议："先去小店休息一下吧。"

于是，众人来到大马路边，一起走上新建的人行天桥。

由于由纪和绿子正谈得起劲，原田挽着敬子在窃窃私语，矢代和阿部便很自然地搭起话来。

矢代问："绿子还在写小说吗？"

阿部答："是的。她现在是 S 杂志文学奖的候选人，估计能得奖。"

"那太好了！"

阿部问："你现在在干什么？"

矢代苦笑道："我在银行里当个小职员，很满足了。"

"哦，是吗？"

矢代又问："我们联系不上田村，他这次也来吗？"

阿部答："我查了他的住址，给他发去了邀请信。"

下了人行天桥，又走了五六分钟，终于到了阿部开的茶馆。

茶馆取名"阿卡普尔科"，这是墨西哥西南部著名海港的名称，眼下门扉紧闭，挂着"今天临时休业"的牌子。

众人走进店堂，发现面积颇大，放着十五六张茶桌，由于南边紧靠大海，光线非常明亮。

阿部走进柜台，问众人："你们需要来点什么？"

大家还没反应过来，他就熟练地做了个"咖啡"的手势，这正是矢代想要的。

矢代感到这个开局不错，如果今晚快乐地畅饮叙情，就能充分地和解，进而从明天开始进行东北地区的温泉旅行。

阿部殷勤地依次送上咖啡和橘子汁，大大咧咧地说道："今晚我已定了一桌酒席，大家尽可开怀畅饮。放心吧，一切由我安排，包你们满意！"

"这次真是来对了！"由纪轻轻地对矢代耳语道。

现场的气氛轻松愉快，来客中没有人有任何不祥的预感。

4

在茶馆稍事休息后，阿部亲自驾车载着众人去市内观光，首先去了那珂川附近的母校。

母校还是老样子。无论是三层的教学楼还是棒球场、网球场都显得老旧不堪，甚至可以找到五年前的景象。

接着，为了满足敬子的愿望，他们又去参观游客必去的偕乐园和弘道馆。

矢代在参观中虽然不时燃起怀旧之情，但又偷偷地窥望着阿部的脸色。

诚然，阿部的热情相迎与他和绿子结婚的消息使矢代松了一口气，但毕竟时隔多年人心相违，阿部的真实想法如何还是个令人担心的问题。

与忐忑不安的矢代相比，阿部倒显得心胸坦荡。行程中他屡次提起当年创办《东海沙丘》的往事，并放声笑道："那时候给诸位添了不少麻烦，真是对不起，今晚要借餐叙的机会好好地再向诸位赔不是。"

最后，他们驱车经过118国道，赶到瓜连町的古德沼参观。

这个参观项目是阿部提出的。他说古德沼已飞来了白天鹅，女士们一定喜欢观赏这样的珍禽。

阿部所言不虚，他们果然在古德沼里看到了十五六只姿态高雅的白天鹅，还有几百只混杂其间的野鸭子。

看到眼前的情景，矢代不由得想起当时和由纪来这儿的往事。那是大学二年级的时候，正是樱花盛开的季节。他们来到这儿已是日落时分，矢代第一次动情地吻了由纪。

返回市内后，他们直接去了阿部订餐的饭店。阿部订了晚上六点开始的琵琶鱼火锅。

那家火锅店就在火车站附近，专售的琵琶鱼火锅价廉物美，堪称一绝。那时候每逢冬天，他们在杂志社开完会总要到这里饱餐一顿。原田等人似乎唤起了当年的回忆，用餐时露出了复杂的表情。

矢代暗自纳罕：阿部为什么要选择吃琵琶鱼火锅呢？

转头看看阿部，他正笑吟吟地向原田和敬子敬酒。

也许是我自己想多了吧？矢代自责地思忖着。

这时候，阿部举着酒杯来到矢代的面前："来一杯咋样？你的酒量应该有进步了吧？"

当时的六人中，数矢代的酒量最差。

"还不行，只能喝一点。"矢代赧颜应对着，突然想起过去酒量最好的田村。

矢代喝了一口，把酒杯还给阿部，说道："这次田村没来真遗憾。"

阿部淡淡一笑，"我刚才说过，已经给他发去邀请信了。"

"他没有来，也许是工作太忙吧？"矢代试探道。

"其实我上次已经和他见过面了。"阿部坦率地回答。

"真的吗？"

"去年夏天，他打来电话，说要来水户找我。"

"你们就见面了？"

"那当然，他特意打电话给我，怎能不见面呢？"

"田村的情况怎样了？"

"你去东京后没见过他吗？"

"一次也没有。"

"还是不见面为好。"

"为什么？"

"他混得很糟，身体也不好，快变成酒鬼了。"

"他怎么会变成这样的呢？"矢代大为惊诧，不由得想起五年前的田村。

那时候，田村无疑是六人中最阳光的青年，虽然谈不上很帅，但已有了一个性格开朗、说话温柔的女友。所以矢代一直很羡慕田村的性格和生活方式，当听说他在横滨开了一家餐馆时，就坚定地认为他一定能干好。

阿部继续说下去，"田村也没对我细讲，只是叹息自己什么都没干好。他在东京和横滨先后干了不少工作，什么开餐厅，当酒吧经理，结果都失败了，现在已到了债台高筑的地步。"

矢代不可思议地摇着头："他在横滨开餐馆的事我听说过，原以为他很能干，一定会干好的。"

"田村原来确实自信满满，认为自己的事业一定能成功，因为他是我们当中最有商业头脑的人，没想到他连续遭到失败，简直成了自暴自弃的废人。"

"是吗？"

"不仅如此……"

"你说什么？"

"他还说为了借债尝尽了人间的辛酸，曾经多次向过去的老朋友打电话借钱求助，都被对方冷酷地拒绝了。"

"请等一下！"矢代慌忙打手势制止了阿部说话。

5

矢代转过头来问由纪："去年夏天，有没有田村打来的借钱电话？"

由纪很惊讶地回答："没有呀。"

矢代歪着头，"是啊，我从没有接到这样的电话，他也没来银行找过我。"

阿部说："我也是第一次听到这种事，不清楚我不在家的时候他有没有打来电话，这要问我的老婆了。"说着，他两眼看着绿子。

绿子看了看矢代和由纪，慢吞吞地说道："我是怕阿部担心才没有告诉他。其实田村来过这样的电话，说事业失败导致资金困难，希望能借他一百万日元以救燃眉之急。说实在的，我过去对他很有好感，又是老朋友，帮他一下也是应该的。但那个时候真不凑巧，我和阿部刚开店营业，自己也很缺钱，所以就婉拒了。"

矢代问："他这个电话是什么时候打来的？"

绿子答："大概是八月出头吧。"

"是吗？"矢代看着由纪说道，"这也太不凑巧了，那时我们正好休假，所以去北海道玩了一个星期，你还记得吗？"

由纪点点头："当然记得，去年夏天我们确实在北海道待了一周。"

矢代做沉思状，"也许田村就是在那个时候给我们家里打来电话的。"

原田插嘴道："我也是在去年八月初趁暑假去海边游玩，住在冲绳的民居里。"

矢代问阿部："你是怎么回复田村的？"

阿部答："从老婆那儿知道这件事后，我设法给他汇去十万日元救急。"

矢代叹了一口气："可惜我们没能及时帮助他，这太遗憾了。"

阿部说："这次特意写信邀请他参加活动，就是希望能消除误会，搞好关系，没想到他不来参加，我也感到很遗憾。"

围绕着田村的话题，原本欢乐的聚餐气氛开始沉闷起来。

晚上十一点，矢代等人回旅馆休息。

矢代和由纪钻入被窝后，一时无法入睡。

由纪说："听到田村的事后，我很难受。"

矢代答："我也一样，我们在他困难的时候没有及时帮助，真不应该，以后一定要设法搞好关系。"

预定出发的时间是第二天下午的一点钟，所以矢代夫妇放心地睡到早上十点才起床，中午的时候和大家一起去阿部的茶馆吃午餐。

阿部夫妇特意制作了美味可口的咖喱饭。

阿部自豪地介绍道："我们茶馆除了提供咖啡还供应简单的饭菜，这种特制的咖喱饭就是小店的拳头产品。"

一点左右，矢代四人离开了阿部的茶馆，兴致勃勃地向火车站走去。

此行的行程是：坐水郡线去郡山，然后经东北本线去福岛，晚上在福岛著名的饭坂温泉住宿。

离店前，原田邀请阿部夫妇："今天能和我们一起去温泉旅行吗？"

矢代也劝说："一起去吧，人多就热闹了。"

阿部笑了笑："我很想去，就是现在有事走不开呀。"

绿子说："你们先去吧，我们中途赶过来！"

"那你们一定要来啊！"由纪真诚地说道。

由纪把此行的温泉和住宿旅馆的名称都写在一张纸上交给阿部。

阿部说："谢谢了。如果田村随后过来的话，我们也会带上他的。"

水郡线是连接水户到郡山的铁路，每个火车站都有一号、二号线。

阿部夫妇买了入站券，一直把四人送进车站的月台。

矢代等人走上月台，看见十三点三十三分发车的列车已经停在二号线的月台上，那是由三节车厢组成的柴油列车。

列车准时发车了。阿部夫妇站在月台上向大家挥手告别，矢代也站在车门口向阿部夫妇挥手致意。

列车驶离车站后，矢代朝着自己的座位走去，忽听得由纪发出"啊！"的一声惊呼。

矢代问："你怎么啦？"

由纪轻轻地摇摇头，"没什么，我看见他了。"

"他是谁？"

"是田村。"

"他在哪儿？"

"他站在月台的一头死盯着这列列车，还戴着一副墨镜，披着大衣，一看就是田村。"

"你不会看错吧？也许只是相像而已。"

"这我知道。不过他一直看着我，总觉得怪怪的。"

"不会是车站的工作人员吧？"

"不可能，车站的工作人员绝不会戴着墨镜、披着茶色大衣的。"

这时，原田不耐烦地叫道："你们在嘀咕什么？赶快坐下吧。"

矢代和由纪随即坐在四人对坐的座位上。

矢代对原田说："由纪说她刚才看见田村站在月台的另一头。"

原田不相信，"如果是他，为什么不过来打个招呼呢？"

矢代表示同感："是啊，我也觉得不是田村，是别人。"

由纪有些惶恐："也许是我看错了吧。"

"哇！好漂亮的枫叶！"一直注视着窗外景色的敬子突然叫了起来。

第 二 章

1

矢代等人乘坐的列车以舒适的速度缓缓地行驶着。车厢内光线充足，气氛良好，只是座位靠背呈直角形，坐久了就感到腰酸背痛。

矢代离开座位在车厢里溜达，他喜欢亲自检验第一次乘坐的列车。小时候，他爱去最前面的车厢，一览无余地眺望前方的景色，这个习惯到现在还保留着。矢代走到最前面的车厢，虽然乘务员室的门关着，但是车窗没有拉上窗帘，依然可以清晰地看到前方。一时间，他仿佛又回到了童年时代，陶醉于顾盼左右两侧飞速而过的绮丽景色之中。

这时候，由纪出现在他的身边。

矢代小声问道："你也想透透气吗？"

由纪笑答："我不想当'电灯泡'，就赶快逃出来了。"

于是，两人不再回原座位，顺势坐在最前面的座位上观景。

放眼望去，车窗外尽是低矮的山丘和鲜红的枫叶。和东京相比，还是这一带的枫叶红得早。

水郡线是单线，列车不时停下来等待车辆交换，而且实行了科学化管理，沿线有很多无人管理车站。每当停靠时，列车员就会下到月台检票。由于车内的乘客陆陆续续地到站下车，沿线几乎没有新的乘客上车，车厢内很快就空下来，矢代发现他们乘坐的车厢里只有五六个乘客。

"怎么这样空啊，过去可拥挤多了。"由纪有些遗憾地感叹道。

矢代在学生时代也曾三次乘过水郡线的列车，那时的感觉就如由纪说的那样，乘客非常多。

中途，突然有很多高中生上车，车厢里顿时热闹起来。待他们下车后，很快又恢复了平静。

"哎，你看，天已暗下来了。"由纪看着窗外说了一声。

矢代感到有些奇怪，现在还不到下午五点，没想到太阳这么快就下山了。

郡山快到了，矢代夫妇回到自己的座位上，原田和敬子依偎着睡得正香。

五点三十七分，列车准时到达郡山火车站，从这儿可换乘东北本线的特快列车"鸟翼13号"去福岛。虽然换乘的时间只有五分钟，但"鸟翼13号"就停靠在相邻的四号线上，所以换乘很便捷。

"鸟翼13号"是由九节车厢组成的特快列车，车头挂着飞鸟翅膀的图案标记，乘上它不到半小时就能到达福岛。

矢代等人兴致勃勃地乘上了"鸟翼13号"。

转眼之间，列车于六点十九分到达了福岛火车站。

"啊，这么快就到了！"敬子下了列车，一边说，一边舒服地伸了个懒腰。

"我可饿了！"原田揉着他的大肚子。

"晚餐已在饭坂的旅店定好了，我们马上走吧。"矢代催促着大家，率先乘上自动扶梯，朝检票口走去。

从福岛火车站到饭坂温泉通常可乘福岛交通的电车，这次四人同行，决定改乘出租车。他们在出租车扬招站叫了一辆中型出租车，迫不及待地钻了进去。

"去饭坂温泉！"原田中气十足地嚷道。

2

出租车一启动，由纪发出了"啊！"的一声惊呼。

坐在助手席上的矢代回过头来，"怎么啦？"

"我看到田村站在火车站门口。"

"怎么又是田村，你不会看错吧？"

"我也说不好，反正非常像。"

原田戏谑地说道："你已经说了两个人非常像田村了。"

由纪皱起眉头："不骗你，那人真的非常像田村。"

"可是你看到水户火车站的月台上也站着一个非常像田村的男子，这到底是怎么回事？"

"他俩穿着相同的服装，戴着相同的墨镜，先在水户的月台上一直看着我们，这次在火车站门口也死死地盯着我们的方向，所以我觉得就是同一个人。"

矢代断言道："你说得不对，一定是其他人。你刚才说了，列车驶离水户火车站时，有个像田村的男子站在月台上目送着我们，他怎么可能和我们同时到达福岛呢？"

原田猜测道："也许他驾车紧随着我们，在列车中途等待车辆交换时追上了，然后就乘上了我们的列车。"

"那是不可能的。"矢代一口否定了这个想法。

"为什么？"原田不解其意。

"我和由纪一直坐在第一节车厢内，快到郡山时才返回你们在的第三节车厢。当时乘客很少，而且总共三节车厢，如果那个人上了车，我们一定会看到的。"

"说得没错。"由纪也附和着，"那个人确实没上车。"

矢代做出了结论："所以站在火车站门口的一定是另一个人。"

由纪依然不服气："话是这么说，但我总觉得他俩就是同一个人。"

出租车笔直朝北行驶，穿过纵贯东北的车道，很快就将到达盼望已久的饭坂温泉。温泉就在道路旁边，福岛交通的车辆可直达那儿。

前方亮起了一片灯光。

那儿有一座沿着摺上川而建的拥有一百三十间客房的旅馆，旅馆旁边就是东北地区最大的饭坂温泉。这座五六层楼的旅馆非常漂亮，辉煌的灯光倒映在摺上川的水面上格外迷人。

出租车直接驶到旅馆接待客人的水映馆。

进入客房后，担任组织者的矢代立即吩咐服务员把晚餐送到客房来。

由纪换上旅馆的浴衣，问道："晚餐前不去洗澡吗？"

"晚餐马上就送来，还是吃了再说吧。"

"不，我去去就回来。"由纪说着就离开了房间。

矢代只得一人在房间里等待，但是晚餐迟迟没有送来。

"真没办法。"矢代嘀咕着，心想不如先去洗个澡再说吧，于是穿着浴衣离开了房间。

走廊上，遇见了原田和敬子，他们也说晚餐前先去洗个澡。

大家乘电梯从五楼下到一楼。

旅馆的温泉分男汤和女汤，矢代和原田推开了写着"大浴场"的玻璃门。

浴场里有很大的玻璃窗，客人们可以一边泡温泉，一边饱览窗外的景色。

原田在温泉里舒展着身子，对着隔壁的女汤大声呼叫："喂！敬子！"

"快别叫了！"矢代小声地阻止道。

原田不予理睬，依然高声大叫："喂！你在的话快回答！"

浴场内响起巨大的回声，和他们一起入浴的三个中年男子猥琐地嬉笑着。

"我在这儿！"隔壁传来了敬子的应答声。

"你和矢代夫人在一起吗？"

"没有啊。"

"好了，好了，不要再叫了！"矢代笑着说道。

原田开始在浴池里惬意地游泳。

矢代决定马上离开浴场回客房。刚才隔壁的敬子说由纪不在浴场里，估计她已回客房了。

"我先走一步了！"矢代对原田说了一声就走出了大浴场。

他乘着电梯回到五楼的客房，看到房内摆放着晚餐，但是不见由纪的人影。

"难道我们两人正好错过了？"矢代暗忖。他估计由纪回房后，发现丈夫不在，又去了一楼的浴场。

此时，矢代感到饥肠辘辘，决定自己先吃了再说。

桌上放满了丰盛的菜肴，有牛肉、天妇罗、刺身、烤野鸭等等，他虽然不能全部吃光，但看到有这么多的美味还是非常高兴。

酒足饭饱后，矢代舒心地放下了筷子。

由纪还是没有回来。

"真没办法！"矢代说了这句口头禅，离开房间再次下到一楼。

他想起大堂里有出售当地土特产的商场，心里猛然一动。

由纪是个稳重的人，但有个怪癖，一看到动心的商品，就会流连忘返。

"她会不会待在那儿不出来呢？"矢代这样想着，快步走到大堂。

宽敞的商场很清静，只有五六个住店客人在挑选商品，由纪不在里面。

矢代突然感到有些不安，赶紧回到客房，由纪依然不在，她的晚餐原封不动地放在桌上。

矢代打电话到原田的客房，原田和敬子立即匆匆地赶了过来。

原田问："由纪真的不见了？"

矢代答："我刚才去一楼的商场和酒吧寻找，就是不见她的人影。"

"那就怪了，你不是说她先去泡温泉了吗？"

"是啊。"

"会不会她突然感到不舒服，找个地方休息一下？"

矢代马上和前台通了电话，请他们帮助寻找由纪。

五六分钟后，前台来了回电，说到处找不到这位女客人。

矢代当机立断："我去外面找找看。"

原田有些不解："去外面？"

"既然旅馆里找不到，也许她已经出去了。"

"那我们也一起去帮你找。"

三人穿着旅馆的浴衣匆匆地走了出去。

虽然外面有些冷，也有几个穿着同样浴衣的旅客在散步。

他们走过摺上川上的十纲桥，先去对岸寻找，结果一无所获。

正当三人再次来到十纲桥，准备返回旅馆时，突然看到河边有一道十五六人组成的"人墙"，正对着阴暗的河水发出一阵骚动。还有个警官拿着手电筒照着河面。

矢代等人赶紧挤入"人墙"，看见混凝土桥墩下的河面上漂浮着一个穿着浴衣的年轻女性。当警官的手电筒灯光照在那个女性的脸部时，矢代的脸色顿时变了，双膝不停地颤抖着。

"由纪！"矢代发出了撕心裂肺的哭喊……

3

在警官和消防队员、旅馆服务人员的通力协作下，终于把由纪的尸体捞了上来。出事的消息刹那间传遍了温泉街的各个角落，围观的人群迅速地聚集在大桥边上，既有穿着浴衣的住店旅客，也有不少当地的居民。

由纪被送上救护车，矢代也随车护送，直接驶向福岛的大学医院。

由于由纪的喉部留下了皮下出血的痕迹，警方怀疑是一起杀人事件，所以福岛县警署的警车也紧跟着救护车一同前往。

警署的冈崎警官主张对由纪的尸体进行司法解剖，他先来征求矢代的意见。

矢代仰视着这位高瘦的警官，小声地问道："我不能拒绝吗？"

"是的，不过在解剖之前我们一般先征求死者亲属的意见。"

"能稍等五分钟吗？"

"为什么？"

"我想再看看妻子的脸。"

冈崎警官答应了矢代的请求，让他单独察看由纪的遗体。

荧光灯发出蓝白色的光芒，停尸房里横放着用白布遮蔽的由纪的遗体，矢代的眼光游移着，简直像做梦一样。轻轻地掀开白布，显现出由纪的脸部，她的头发是湿漉漉的，浴衣的领口也已湿透，而且显得有些凌乱。

矢代抚平由纪凌乱的领口，深情地注视着她的遗容。

苍白的脸，微微张开的嘴，白皙的脖颈上留着引起警方注意的红黑色血迹。

显然是有人先勒死了由纪，再把她投入河里的。

"到底是谁对你下这样的毒手？"矢代默默地发问。

这时候，原田和敬子乘着出租车赶到医院，直接进了停尸房。

"你不要紧吧？"原田关切地问道。

矢代泪眼婆娑地没有回答。

冈崎警官走进来问道："可以了吗？"

矢代默默地点点头。

由纪的遗体立刻被送去进行司法解剖。

冈崎对矢代说："有关尊夫人的事，我有一些问题要问你。"

"什么事？"

"尊夫人的遗体为什么会漂浮在摺上川的河面上？你有什么线索吗？"

"如果有的话，我自己去抓罪犯好了。"矢代不满地提高了嗓门。

冈崎苦笑道："也许这样问不太合适，请你心平气和地回答问题。你是什么时候到饭坂的？"

"今天到的。"矢代随即详述了四人此行的经过。

"如此说来，尊夫人在晚餐前说去泡温泉，然后一人离开了客房，过后不久就在摺上川的河面上发现了她的遗体，对吗？"冈崎皱着眉头问道，脸上露出怀疑的神态。

"是的。"矢代肯定地点点头。这虽然听起来有些离奇，却是事实。

"我无法想象罪犯是如何把尊夫人从一楼的浴场带出旅馆的，因为浴场里还有其他的住店客人，罪犯不可能在众目睽睽之下贸然行事。"冈崎依然没有采信。

"我没有说谎，现在甚至怀疑她根本就没有进入浴场。因为我随后也去了浴场，发现她不在那儿。"

"你的意思是她虽然说去泡温泉，其实没有去浴场，而是直接走出旅馆和罪犯见面，是吗？"

"我是这样想的。"

"尊夫人为什么要对你说谎呢？"

"我也不知道。"

"你和尊夫人的关系好吗？"冈崎颇有深意地看着矢代。

矢代皱起眉头："你就明说吧，不就是觉得我有犯罪嫌疑吗？"

冈崎解释道："我不是这个意思，只是觉得夫妻之间也会吵架，如果尊夫人负气出走也符合情理。"

"我们夫妻关系非常好。"

原田插嘴道："确实是这样，我可以证明。"

冈崎问："这次旅行中，有没有发生过一些蹊跷的事情？"

矢代苦思不语。

原田爽快地回答："有的，死去的由纪就说过这样的怪事。"

接着，他说起由纪曾在多处看到一个像是旧友田村的奇怪男子。

冈崎看着矢代确认道："这是真的吗？"

"是真的，内人的确这样说过。不过只有她一人看到，估计多半是看错人了。"

"为什么断定她看错人呢？"

"因为她先说那个人在水户火车站的月台上目送我们，当我们离开福岛火车站时，又说在车站门口看到那个人。按常理来说，这是不可能的，所以我认为一定是她看错人了。"

4

冈崎毕竟是个资深的刑事警官，并没有立刻同意矢代的推论，反而饶有兴趣地问道："这个田村是个什么样的人？"

"是我们水户大学的同学，曾在大学时代和我们一起办过杂志。"

"那他也应该参加你们这次组织的东北地区温泉旅行呀？"

"我们在水户的同学阿部写过邀请信，但他没有来。"

"知道他不来的理由吗？"

矢代没有立刻回答，他在犹豫是否要说出田村恨他们的旧事。

冈崎看出矢代的表情有些异样，继续追问："看来你们彼此间好像有什么过节？"

"没什么过节。"

"那你呢？"冈崎问原田。

"实际情况是……"

"是什么？"

"田村事业失败时打电话向我们借过钱，我们因种种原因没有借钱给他，也许他为这事恨我们吧。"

听了原田的这番话后，冈崎的眼睛里顿时放出光来："这个理由很充分。田村郁结了那时的愤恨，就在这次旅行时跟踪你们，并且首先杀害了由纪。"

矢代惊诧地问道："难道内人看到的真是田村本人吗？"

"完全有这个可能。"

"可是内人明明看到他在水户火车站的月台上目送我们，怎么会和我们同时到达福岛火车站呢？"

"他可以先乘出租车追赶水郡线的列车，然后在中途乘上列车。"

"我们也想过这种情况，觉得可能性不大。因为列车只有三节车厢，我和内人从头到尾都走过，根本没看到田村，中途上来的乘客中也没有他的人影。"

"你就那么自信吗？"

"是的。"

"水郡线是单线铁路，对吧？"

"是的。"

"特快列车有吗？"

"没有，如果有的话，我们一定会乘特快列车的。"

"所以田村不可能在后面乘特快列车追你们，是吗？"

"是的，没有这种可能性。"

"是尊夫人看见了旧友田村，她的视力如何？"

"视力很好，两只眼睛都是1.5。"

"田村的脸部和体形有什么特征吗？"

"我想应该有特征的。"

"这不说明尊夫人不会看错吗？"

"我刚才已经说了，根本原因是时间不相符。根据内人的描述，田村先在水户火车站的月台上目送我们，又和我们同时到达福岛车站。这是不可能的，况且我们也没有看见他在中途上车。"

冈崎说："没关系，只要对田村深入调查就能搞清楚。你知道他的住址吗？"

矢代答："我的旧友阿部给他写过邀请信，所以我知道他的住址，这就告诉你。"矢代说着，拿出笔记本，把上面写的田村住址给冈崎看。

冈崎记下了田村的住址，又问："你有田村的照片吗？"

"我有他的照片。"原田抢先说着，从双肩包里拿出一张办杂志时拍的合影，用手指着照片向冈崎介绍，"右边第二个就是田村。五年过去了，也许容貌会有所变化。"

冈崎说："这张照片暂且借我用一下。"

矢代注视着冈崎，关切地问道："什么时候返还内人的遗体？”

“司法解剖一结束，立即返还。请在饭坂的旅馆里耐心等待。”

“不能在今日返还吗？”

“这不行，司法解剖要到明天才能结束，到时我会通知你。”

矢代只得和原田等人怏怏地返回旅馆。

半夜里，矢代的客房里响起了电话铃声。

“我是阿部。”电话里传来了阿部的声音，“刚才看了十一点的电视新闻，吓了一大跳，真是太不幸了。”

矢代悲痛地回答：“我到现在还无法相信由纪真的死了。”

“我们明天就赶过来为你压惊。”

“那就谢谢了。”

“你需要我们为你做些什么吗？”

“不需要。你知道田村现在在哪儿吗？”

“我不是对你说过，曾经给他写过邀请信，但他没有来。”

“是吗？可是死去的由纪说亲眼看到他了。”

“在哪儿看到的？”

“水户火车站的月台和福岛火车站的大门口。”

“真有这事？照理说，他来水户应该会联系我，可他根本没有音讯。”

“也许是由纪看错人了，但她坚持说没看错。”

“难道他和你们乘同一列列车去的吗？”

“不对。我们乘的列车启动时，由纪从车窗里看到了站在月台上的田村。”

“哦，原来是这样。那她怎么会在福岛火车站也看到田村呢？”

“我也认为是由纪看错了，直到由纪被杀后，才觉得这事有点怪。"

"你的心情我能理解，对警察说起田村的事了吗？"

"只是粗略地说了一下，警方已委托神奈川警署派人调查了。"

第 三 章

1

福岛县警署发出的请求协助公函先发至神奈川警署，后又转至东京警视厅，因为发现嫌疑人田村的住所已从横滨迁到了东京。

搜查一课的本多课长对十津川警长说道："这个案件很有意思。"

十津川看了公函连连点头："确实有意思，而且很奇妙。"

本多问："你是怎么想的？死去的由纪看到的是田村本人，还是看错了？"

"现在还不清楚，只有见了田村才能弄明白。"

"听说田村是在今年的九月七日从横滨迁居到东京世田谷区的乌山。"

"他原来在横滨是干什么的？"

"好像在伊势佐木町开了一家小饭馆，由于经营不善，借了很多钱，也许搬到东京纯粹是来躲债的。"

"好吧，我和龟井去找他面谈，了解相关的情况。"

十津川说着，就和龟井一起直接向田村的住所出发。

警车在甲州街道上疾驶，十津川向龟井介绍了案件的情况。

"能去东北泡温泉真好啊。"龟井的脸上露出了羡慕的神色。

"好是好，要是被杀了就什么都没有了。"十津川似乎并不完全同意。

"那是一码归一码，不能混为一谈。"

"你是东北出生的，去过饭坂温泉吗？"

"没去过，但很想去。"龟井颇为遗憾地回答。

其实，十津川的想法和龟井一样，总想有机会带着家人去泡温泉，就是工作太忙了，定好的旅游计划也往往因为突发的案件而付诸东流。

龟井驾驶的警车很快到达了乌山。

田村住在一栋半新不旧的五层公寓里。

他们下了车，直接走进公寓，发现302室的邮箱上写着"田村"二字。

这时候，管理员室的窗开了，一个中年管理员对他们说："田村不在家。"

"他不在家？什么时候离开的？"

"这个我不清楚，大概有四五天没见到他了。"

"我们无论如何要见到他。"

"我也一样，他这个月的房租还没交，我正发愁呢。"

"你知道他去哪儿了吗？"

"不知道，他平时就不大在家。"

"他的老婆呢？"

"他没老婆，一个人生活。"

"他是干什么工作的？"

"听说他以前在京王线的千岁乌山火车站开一家面馆，我去那儿看了，根本没有这家面馆。"

"302室里有电话吗？"

"应该有的，以前曾有人去他家借打电话。"

"你往他家里打电话试试看。"

“我已经说了，他不在家。”

“说不定他装作外出，人躲在家里不出来呢。”

“我想不会的。”管理员一边摇头，一边往 302 室打电话。

“没人接电话！”管理员皱起了眉头。

十津川和龟井不由得面面相觑。

难道田村真的去了福岛的饭坂温泉，杀了那个名叫由纪的女人吗？

于是，十津川借了管理员的电话向本多课长报告：“我们到了田村住的公寓，发现他已离家四五天了，我和龟井的意见是进他的家里看看。”

“你认为进了房间就能找到线索了？”

“是的。”

“好吧，我马上申请搜查令。”本多课长挂了电话。

2

得到搜查令后，他们立刻开门走进 302 室，那是个一居室的小房间。

原以为田村可能死在房间里，但他根本不在，而且家里空荡荡的。

十津川打开冰箱，发现里面只放着纳豆和豆腐，豆腐早已失去了水分。

六张榻榻米大小的房间一角放着暖气炉和小书桌。桌上留着一封信。信封上贴着附笺，写明是从横滨的旧址转到这儿来的。信封已拆过，寄信人是水户的阿部。

十津川抽出信笺一看，信的内容这样写着：

你近来身体好吗？我和绿子都很关心。我这次决定把五年未见的《东海沙丘》杂志同人聚合到水户重叙旧情，请你务必参加。十一月七日下午，矢代、原田和由纪一起来水户，他们也很想和你见面，请届时光临，千万不要忘了。 十月二十七日 阿部

由此来看，田村肯定看了这封信，但他没有参加聚会。

十津川暗忖：田村为什么不参加呢？如果知道其中的理由，也许就能搞清他在饭坂温泉的作案动机。

这时候，龟井说了声："警长，你快看这个！"他把废纸篓里捡到的几张小纸片放在十津川的面前。

那是一张照片的碎片，显然是田村撕碎后扔进废纸篓的，两人经过一番努力，终于完好地把碎片拼接起来。

照片上并排站立着六个青年男女，上面写着"东海沙丘同人"几个字。照片的背面还分别写着每一个人的名字：阿部、田村、原田、绿子、矢代、由纪。

龟井目不转睛地看着照片，问道："这个由纪是在饭坂温泉被害的女人吗？"

十津川点点头："是啊，就是她。"

"田村把这张照片撕碎扔进废纸篓是什么意思？"

"也许是对过去的杂志同人发泄仇恨吧。"

"这么说，我们只要找到田村从水户追踪他们到福岛的证据，就能以杀人嫌疑罪逮捕他吗？"

十津川沉吟了半晌，推测道："如果田村真去的话，我觉得不是十一月七日，应该是第二天的八日，是他站在水户火车站的水郡线月台上目送着他们乘坐的列车驶离的。"

龟井叹了一口气，"唯一的目击者是由纪，她已经被害了，现在要证明田村在十一月八日到过水户火车站就变得很困难了。"

"我们在房间里再找找看，也许会有新的发现。"十津川说着，重新打量起这个狭小的房间。他总觉得田村过得很寒酸，虽

然有单身贵族一说，但这儿根本没有这样的气息。从房内的陈设来看，田村迁到这儿事业也没有起色，而且困难的时候也没有得到过去朋友的帮助。或许朋友们并不知道他的实际情况，但对田村而言，知道不知道都是一回事。如今，这些冷酷的朋友去水户聚会，随即开始舒适的温泉旅行，想必他知道后一定很生气。

"房间里连一张旧报纸都没有。"龟井站在门口对十津川说，"难道他到东京后没有订报吗？"

"也许他在横滨事业失败后逃来东京不久，还没心思看报吧。"

"也有可能。每天要出去找工作，是够辛苦的。"

"未必是找工作，多半是出去四处借钱。"

十津川看了看厨房，发现垃圾袋里塞满了各种方便面的空盒子，还有十多个国产威士忌的空酒瓶，他没想到田村的日子过得如此狼狈。

十津川走出房间，询问站在走廊上的管理员："是谁介绍田村租这儿房子的？"

"是火车站附近的不动产中介介绍过来的。"他随口说出了中介店的名称。

于是，十津川命令龟井留在房间里进一步搜查，自己赶去那家中介店。

中介店很小，只有小个子的老板和一个女办事员在那里。

"啊，你是说那个人吗？我当然记得很清楚。"老板眯起眼睛看着十津川。

"他是九月份迁居过来的吗？"

"不是迁居，是临时居住。他说当天就入住，冰箱等物件买旧的凑合一下，被褥之类的去超市买新的，立刻就住进去了。看来他遇到了什么麻烦事，躲到这儿来避一下风头。"

"他是一个人来的吗？"

"不是，还有个女人等在门外，长得什么样我不清楚。"

"每月的房租是多少？"

"八万日元。"

"如果加上押金大约要四十万日元吧？"

"是的。按规定，除了押金，还要预付两个月的房租，再加上相当于一个月房租的中介费，一共是四十八万日元。"

"他当天付了这些钱吗？"

"付了，估计是那个女人出的钱。"

"为什么这么说呢？"

"付钱的时候，田村先出去和那个女人商量了好长时间。"

"你完全没看到那个女人吗？"

"是的。"

"不是你带他去看房子的吗？"

"是的。不过那时已不见了女人的踪影，大概是不想让别人知道他俩的关系吧，她极可能是别人的妻子。"

"那个女人是年轻人还是上了年纪的妇女？"

"听声音好像是年轻人。"

由此来看，田村的身边有一个年轻的女人。他现在年轻，又是单身，有个女朋友也很正常。通过和中介店老板的谈话，十津川对田村有了更多的了解，一个对过去的朋友抱有强烈嫉妒心，甚至仇恨的孤独青年的形象深深地留在他的脑海里。当然，"孤独"的意思要分开来说，在昔日的朋友面前他是孤独的，但他也有了亲密的女朋友，所以在这方面并不孤独。

十津川回到公寓后，立刻向管理员打听那个女人的事。

"田村是有一个女朋友。"管理员想了一会儿这样回答，"我见过一次，看到田村和那个女人正在火车站附近散步，只看到那个女人的背影。"

"她是怎样的女人？"

"就是普通的女人，穿着也很平常。"管理员不假思索地回答。

3

管理员说是普通的女人，这样的回答实在太抽象，无法显现具体的形象。

十津川继续问："她的身高有多少？"

"大概有一米六吧。"

"正面见过她吗？"

"打过照面，但她立刻转过脸去，所以没看清楚。"

"你觉得她像谁吗？"

"这个不好说，好像是我们这儿的人，穿着和当地人无异。"

"她有多大年龄？"

"大概有二十七八岁吧，当时我还觉得她和田村真般配。"

"那个女人你就见过一次？"

"是的。"

"从你管理员的角度来看，田村是个怎样的人？"

"总觉得他待人很冷淡，见面也不打招呼，邻居们对他的印象都不好。"

"你知道他是做什么工作的吗？"

"不清楚，他好像没有固定的职业，收入也不稳定，这月的房租也没交，真不知道他去哪儿了。"管理员苦着脸回答。

龟井问："田村从九月份搬来之后，有没有出什么事？"

"上个月的中旬，也就是一个星期天，他和铃木打了一架。"

"铃木是谁？"

"是一个年轻的公司职员，住在305室。"

"他现在在家吗？我们想见见他。"

"今天他休息，刚才还见过，我去叫他。"

管理员走了出去，很快带着一个二十七八岁的男青年回来，他是附近信用银行的职员。

龟井向他了解田村的事，铃木一听就皱起了眉头："你问他干什么？"

"我想问你们两人为什么要打架。"

"说起这事我也莫名其妙。那一天，我和朋友喝了酒回来，心情很好，唱着歌走到公寓门前，正好遇见了他。我不知道他的名字，只知道他是新搬来的，所以对他说了声'晚上好！'谁知这家伙非但不领情，反而斜着眼冲我发火，我也不是吃素的，当场和他理论起来，最后就打了一架。"

"他为什么对你耍横，你知道原因吗？"

"我到现在还是一头雾水，也许他碰到什么烦心事了吧。"

"他后来向你道歉了吗？"

"根本没有，后来还听到一件事更是匪夷所思。一天，附近的孩子在公园里练习打棒球，不小心把球打飞了，正好掉在正过马路的田村头上。一般说来，对方是个孩子，即使被打中了也不会发火，田村却不然，捡起球就狠狠地朝孩子扔去。"

"是吗？"

"你说他的神经是不是搭错了？"铃木耸耸肩，很无奈地说道。

4

公寓的居民对田村都没有好印象。除了铃木，也有人反映和田村在走廊上擦肩而过时常常遭到他的白眼，而且他拿棒球投掷孩子的事也是事实。经过调查，他们搞清了田村的工作单位，那是在京王线明大前附近的一家夜总会，他在那儿干到十月二十日就结束了。

十津川和龟井立即去那家夜总会找老板了解情况。

四十二岁的老板这样说："田村说在横滨开过餐馆，所以我就雇用了他。"

十津川问："他是谁介绍的？"

"没人介绍，是看到我店里的招募启事自己找上门的。因为他说能做炒饭和咖喱饭，就把他留下了。"

"他的工作表现如何？"

"他的手艺不错，工作也很卖力气，常常忙于干活不休息。就是脾气不好，一不顺心就和客人吵架，所以只干了二十天我就结清工资，叫他走人了。"

"他为什么和客人吵架？你问过理由吗？"

"曾经问过一次。"

"他怎么回答？"

老板苦笑道："也没说什么，只是强调自己脾气不好，吃软不吃硬。"

"在他工作的二十天里，有没有外面的女人来找他？"

"这个倒没有。不过我接到过一个女人找他的电话，听声音好像是个年轻的女人。那时田村正巧不在，对方说'我还会再打来的'，就挂了电话，以后也没有打来过。"

"你知道那个女人叫什么名字吗？"

"听说过，一时想不起来了。田村回来后，我告诉他有个女人打来过电话，他随口说了声'是她？'就不再言语了，好像马上就知道是谁打来的。"

"田村离开你的店后，还见过他吗？"

"没有，一次也没有。"

"田村在店的时候，对你提起过自己的事吗？"

"只提起过一次，说自己曾经在水户待过，是真是假我也不清楚。"

"他说水户的往事时心情如何？是带着怀念的感情还是充满着愤怒？"

"我问他对水户的印象如何，他说那个地方很无趣，过去的事大多忘了。"

"他有没有对你谈起过去朋友的事？他从水户大学毕业后，在横滨开过餐馆，事业失败后才来到东京的。他在水户大学的时候，曾经有过几个亲密的朋友，对你说过那些朋友的事吗？"

"这个听都没听说过。他只对我说在水户待过，再也没有多说什么。"

"他生活拮据吗？"

"我觉得他生活一定很困难。刚来店里的时候，突然对我说要借几千日元。"

"他在店里只干了二十天吗？"

"是的。"

"你总共给他多少钱？"

"按照合同，他每天的工资是五千日元，所以给他十万日元。"

"哪天给钱的你还记得吗？"

"不是十月二十三就是二十四日。"

"他就拿着十万日元走了？"

"是的。难道出什么事了？"老板傻傻地瞪大了眼睛。

5

十津川给福岛县警署的户田警长打了电话，向他通报了在东京调查到的情况。户田警长是调查这个案件的负责人。

"田村已经从他住的公寓里失踪了？"户田带着地方口音反问道。

"是的，估计是朝福岛方向去了。"

"那么说，被害人看到田村站在水户火车站的月台上不是幻觉喽？"

"田村在这儿一直郁郁寡欢，我认为他有杀人的倾向。"

"横滨警署也来过电话，说掌握了田村在横滨的情况。"

户田的话引起了十津川的兴趣："他在横滨的时候是怎样的？"

"据说田村继承了父亲的遗产，在伊势佐木町开了一家规模很小的餐馆。"

"难道开了不久就倒闭了？"

"不是。刚开始生意还不错，田村就向银行贷款试图进一步扩大餐馆的规模，但后来就不行了，不得不将餐馆转让他人，还欠了一屁股的债。那时候，他曾向过去的朋友求助，但没如愿。据说他由此恨透了那些朋友。"

"福岛事件是他仇恨的大爆发吗？"

"也许吧，如果真是这样的话，另外四个人也危险了。"

"和被害人一起去饭坂温泉旅行的朋友们是怎么说的？"

"我还得继续了解情况。田村住在水户的朋友阿部夫妇也来这儿了，我去找他们谈谈。"

"作为案发区的县警署，你们认为田村是罪犯吗？"

"现在还无法断定。不管怎么说，只有死去的被害人看到田村在现场，所以她是否看错还是个问题，再说她后来在福岛火车站又看到田村更为蹊跷。被害人在列车上看到田村站在水户火车站的月台上目送他们，后来又和他们同时到达福岛，实在是匪夷所思。"

"所以一起同行的被害人的丈夫也觉得奇怪，对吗？"

"是的。所以我认为案情可能比我们想象的更复杂，也有可能他们夫妇在旅途中吵架了，怒气冲冲的丈夫借机把妻子推入河中。除此之外，和他们同行的朋友原田和他的女友加藤敬子也有下手的机会。"

"是啊，看来是有些复杂。他们三人一定不会承认的。"

"除了福岛，他们原定的旅程还有哪些地方？"

"他们这次号称'环东北温泉旅行'。按照预定的计划，饭坂温泉的下一站就是天童温泉。"

"是天童温泉吗？"十津川听了好生羡慕，这一两年来，自己整天忙于处理各种案件，没去过一次温泉。

户田说："在不知道他们中间是否有罪犯的情况下，我的意见是让他们去天童温泉。现在我们没有掌握确凿的证据，长期把他们扣着也不是办法，只有让他们动了，事态才会有变化。"

十津川明白，虽然对方很客气，似乎在征求他的意见，但现在直接调查案情的是福岛县警署，自己不能贸然做主，只得含糊其词地挂了电话。

十津川开始仔细地查看东北地区的地图，龟井也凑过来看。

十津川把福岛警署同意让那些人继续去天童温泉旅行的事告诉了龟井，明确地说道："如果田村是罪犯的话，有可能跟踪他们到天童温泉。"

龟井问："福岛警署也期待罪犯进一步行动吗？"

十津川答："是的。"

"我去过天童，火车站上装饰着一只很大的将棋'马'。"龟井似乎来了兴致。

"你再给田村的家里打电话试试。"十津川转了话题。

龟井连连拨打电话后，有些泄气地说道："没人接听，田村好像还没回来。"

十津川若有所思地点点头："看来被害人说得没错，她确实看到了田村本人。"

"如果是这样的话，田村犯罪的可能性不就达到百分之九十了吗？"

"不仅如此，天童温泉还可能发生杀人事件。"

十津川再次拿出六个同人的合影仔细观察，这张被田村撕成碎片扔进废纸篓的合影已经拼接好了。

这张照片摄于五年前，正是六个同人在水户大学创办同人杂志的时候。

从照片上看，六个年轻人朝气蓬勃，亲密无间。

五年后的今天，六人中的一人在饭坂温泉被残忍地杀害了，剩下的五人中必有一人是罪犯，这样的仇恨究竟是如何产生的呢？

第 四 章

1

司法解剖后，由纪的遗体即将和从水户赶来的养母一起回到故乡水户。

临行前，矢代问原田等四人："你们接下来去天童温泉吗？"

原田摇摇头："我们还是回水户吧，一起参加由纪的葬礼。"

随后赶来福岛的阿部对矢代说："我们也是这样想的。"

矢代摆了摆手："谢谢你们的好意，我还是希望你们去天童温泉，我把由纪的遗体送回水户后，立即过来陪你们。"

阿部拍拍矢代的肩膀："你的想法我很难理解，我们继续去温泉旅行，由纪的葬礼怎么办呢？"

矢代悲痛地说道："如果由纪是正常死亡的，我当然送她回故乡操办丧事，就此中断东北的温泉旅行，但是现在的情况不是这样，她是被人杀害的，而且生前还说亲眼看到田村在暗地里跟踪我们，情况变得更复杂了。由纪在晚餐前穿着浴衣离开客房，说是去泡温泉，但她到了楼下并没有去浴场，却蹊跷地死在旅馆外面。这到底是为什么呢？其中必有原因。也许她在旅馆门口又看到了田村，觉得有必要和他谈谈，干脆走了出去，也许是田村向她招手邀请外出。总之，不把这事搞清楚我是不甘心的。"

阿部问："照你这么说，是田村杀害了由纪吗？"

"虽然还不能断定，但田村有重大的嫌疑。"

原田表示异议："由纪说看到田村在水户火车站的月台上目送我们，那他怎么会和我们同时到达福岛呢？"

矢代说："我明白你的意思，但现在改变主意，开始相信由纪的话了。如果她说的话是真实的，那么田村极可能就是凶手。"

站在一旁的绿子插嘴问道："我们怎么才能找到田村呢？"

矢代回答："如果是田村杀了由纪，作案动机只有一个。就是在他困难的时候我们没有及时伸出援手，心里充满着仇恨。他的目标不光由纪一个，而是我们全体。如果我们去天童温泉，他一定也会赶来的。"

原田依然不为所动："你也说得太神了，说不定他还在横滨呢。"

"你说得不对！"矢代反驳道，"我刚才问过警察了，他说田村在横滨的生意失败后就逃到东京去了。他在四五天前就没回家，邻居们也反映他最近脾气暴躁，动不动就发火，所以我觉得他应该来这儿了。"

"他来这儿干什么呢？"阿部看着其他三个人的脸，问道。

敬子耸耸肩："我不知道。"

原田松了一口气，"是啊，这和你没关系。"

矢代摇着头，"田村的仇大着呢，不能相信他会冷静下来，甚至有可能杀了你的女友。"

原田大吃一惊："真会有这样的事？"

阿部说："也许矢代说的是对的。"

"那为什么？"

"田村在生意上失败了，输得很惨。况且我们在他困难的时候没有提供帮助，他心里一定恨透了。当他知道我们去温泉旅行，你还带着女友的消息，不恨才怪呢。"

"这怎么可以？绝不允许他再滥杀无辜了。我们一定要设法抓住田村，问他为什么要杀害由纪。"原田急得脸色都变了。

矢代严肃地对四人说："所以我希望你们继续旅行，田村一定会现身的。"

原田问："他现身了怎么办？杀了他？"

"不是把他杀了，而是交给警察之前问他为什么要杀害由纪。"

虽然矢代满腔义愤，但依然反对抓住田村后不分青红皂白地把他杀了，估计田村到时将逃不掉同人们的一顿痛打。

2

阿部问："由纪的母亲同意你立刻返回吗？"

矢代答："我说过自己的想法，她完全同意，还说必须尽快抓住杀害由纪的罪犯，然后再操办由纪的丧事。"

阿部问大家："你们说该怎么办？"

绿子勇敢地回答："如果去天童温泉田村会现身的话，我赞成去。我也很想见见田村。"

矢代感谢道："你能这样做，真是太难得了。"

原田问矢代："你肯定来天童温泉吗？"

"你放心，我很快就过来。"

"既然如此，我们也同意去天童温泉。"

"一起去吧！一起去吧！"不太懂事的敬子高兴地嚷道。

最后，四人依然按照原定的行程去天童温泉，福岛县警署也没有刻意阻拦。

负责这个案件的户田警长逐一询问了被害人的丈夫矢代、朋友原田及他的女友敬子，还是毫无头绪，无法断定三人中谁是罪犯。

户田警长当然对田村抱有强烈的兴趣，所以向神奈川警署和东京警视厅发出了请求协查的公函。

由于手头有田村的照片，户田警长就复印了好多张发给手下的刑警，让他们拿着照片去福岛各地调查。这次重点是旅馆，刑警们对每一家旅馆都进行了仔细的调查，但迄今尚未查到有价值的线索。

户田警长接到了十津川的电话，知道田村已失踪四五天，并把当年和同人们拍的合影撕碎后扔进废纸篓的情况。他认为，这显然是田村仇恨同人们的具体表现，田村玩失踪，就有可能来福岛。但根据案情的判断，新的想法又接踵而至：如果说田村杀害由纪的理由是由纪看见了他，这种推论实在难以让人信服，难道是其丈夫矢代有预谋地杀害了妻子，并嫁祸于未来参加此次旅行的田村吗？这种可能性是存在的。因为他知道田村恨他们，就故意编造了田村诱杀由纪的离奇故事。

尽管想象很丰满，现在却找不到矢代杀害妻子的确凿证据，无法阻止矢代一行的自由行动。因此，户田不得不同意矢代提出把妻子的遗体运回家乡水户的请求，也没有反对其他四人去天童温泉旅行，只对他们说："希望到了新的地方继续保持联系。"

3

阿部一行乘坐十五点二十四分从福岛发车的特快列车"鸟翼11号"驶向天童温泉。矢代和由纪的养母文子已提前一步离开福岛，用卧铺汽车把由纪的遗体带回水户。其实，由纪的遗体可以在福岛就地火化，但是文子不同意，说水户是由纪的娘家，把她的遗体带回去才是正理。

到达娘家后，养母把由纪的遗体安放在里屋。

矢代感到自己像在做一场噩梦。虽然明知道由纪的遗体已放入白色的灵柩，但他还无法相信，没有具体的实感。

矢代歉疚地对文子说："对不起，明天一早我就得去天童温泉。"

文子问："今夜能陪陪由纪吗？"

"那当然，我会一直陪在由纪身边的。"

那一夜，由纪的兄弟们也聚集在一起，共同为由纪守灵。

守灵过程中，矢代曾离席给身在天童温泉松竹馆的原田打了电话。

矢代问："你们那边的情况怎么样？"

原田答："到达天童火车站时，我反复地环视四周，没有发现田村的踪影。也许他杀了由纪后，不会再紧追不舍地跟着我们吧。"

"不能掉以轻心，他一定会来天童的。"

原田还是将信将疑："由纪真的说在水户和福岛的火车站看见田村吗？"

"她是这么说的。"

"在两个地方都看到田村，我觉得不太靠谱。想想看，田村在水户火车站目送我们，怎么会和我们同时到达福岛火车站呢？"

"我也感到不可思议，但我还是相信她的话。"

矢代这样说是真诚的，他觉得由纪眼力一直很好，多远的地方也能看清楚，况且他知道妻子的为人，从来不说谎，绝不会瞎编故事。

矢代又问："其他人是怎么想的？"

"他们没说什么，就是担心你会不会来，这种心情也是可以理解的。"

"叫他们放心好了，我明天一早就赶到天童来。"

"你这次一人送由纪回去，我们也没出什么力，实在不好意思。"

"没关系的，谢谢你们惦记。"矢代说完就挂了电话。

　

第二天早晨，矢代吃了文子做的早餐，匆匆地赶往水户火车站，乘上了上午九点零四分发车的水郡线列车。

矢代刚落座，不由自主地朝月台看了一眼。

列车缓缓地启动了，他想起由纪说的话。就在这个时候，她看到了站在月台上的田村。月台在转眼间被列车远远地甩到了后面。

矢代闭上眼睛，头脑里充满着纷乱的思绪：由纪真的看到田村吗？田村见列车开走后，利用什么交通工具赶去福岛火车站呢……

　　如果他乘上后来的水郡线列车，肯定无法追上来。要是乘汽车追赶倒还有可能，因为水郡线列车的时速是四十公里。但是乘汽车也有风险，如果公路上发生堵车，原定的计划就泡汤了。剩下的方法就是乘坐其他线路的列车追赶了。从地图上看，可从水户通过水郡线到达小山，然后从小山转乘东北本线的列车到达福岛。但是转乘的路线较远，时间上是否来得及是个问题。

　　十二点五十三分，列车到了郡山火车站，矢代买了一本火车时刻表进行调查。

4

　　到了福岛，矢代匆匆地走出了火车站，又回忆起妻子出事那天到站的情景。

　　虽然到达的时间不同，但是火车站前面的开阔场面还是完全相同的。

　　走出火车站就是出租车的扬招点，当时大家就在这儿乘上了出租车。车子一起步，由纪回头看到田村正站在火车站的大门口。

　　矢代又忍不住朝火车站的入口处看了一眼。

　　他拿着在郡山火车站买的那本火车时刻表进入了附近的一家茶馆。

　　外面很冷，茶馆内却温暖如春。矢代在最里面的一张茶桌旁坐下来，要了一杯咖啡，顺手在桌上摊开了火车时刻表和笔记本。

　　那天，他们乘坐的"鸟翼13号"列车是如下行程：

　　（水郡线）水户发车（13：33）到达郡山（17：37），郡山发车（17：42）到达福岛（18：19）。

　　问题是，如果田村乘水郡线后面发车的列车，能同时到达福岛吗？

看来除了乘上同一列"鸟翼 13 号"列车，没有这种可能性，但是当时在车厢内根本没有见到他。

矢代又从田村的角度进行换位思考。

田村站在月台上目送大家，是有意宣示他的存在吧？虽然不知道其中的奥秘，但他确实无法乘坐十三点三十三分从水户火车站发车的水户线列车。

目送"鸟翼 13 号"列车驶离火车站后，他一定会设法追赶这班列车。

乘水户线的列车能追上吗？

矢代把火车时刻表翻到水户线的页面。

十四点十八分有一列从水户火车站发车的列车，两车发车时间相差四十五分钟。田村目送之后能乘的只能是这班列车了。

如果乘上这班列车，到达小山的时间是十五点三十五分，从小山到达宇都宫后，就能迅速乘上新干线的高铁。

矢代的目光又移向东北本线的页面。

田村能乘坐十五点十六分从小山发车去黑矶的普通列车，在十六点二十三分到达宇都宫。矢代他们乘坐的"鸟翼 13 号"于十六点十九分离开宇都宫，所以田村乘这趟列车是赶不上的。

接着，他又打开了东北新干线的页面。从时间上看，田村可乘坐十六点四十七分从宇都宫发车的"回声 67 号"，列车到达福岛的时间是十七点三十七分。矢代他们乘坐的列车是十八点十九分到达福岛，整整提前了四十二分钟。不仅如此，矢代经过仔细查看，发现下一趟列车"回声 141 号"也能赶上。

"回声 141 号"是十七点十五分驶离宇都宫，十八点零九分到达福岛。

矢代又开始逆向计算，如果田村乘坐"回声 141 号"列车，他该什么时间离开水户呢？结果查明，即使他乘坐十五点十九分从水户发车去小山的列车也能赶上。从列车时刻表来看，最快的是十四点十八分从水户发车的一趟列车。矢代顺手记下了两趟列车的行程：

（水户线）水户发车（14：18）到达小山（15：35），小山发车（15：46）（转东北本线）到达宇都宫（16：23），宇都宫发车（换乘"回声67号"，16：47）到达福岛（17：37）

这适合田村目送矢代他们乘坐的列车驶离后立刻乘车的情况。

如果目送列车驶离后，暂且离开火车站，又回来乘车的话，可采用换乘"回声141号"的路线，即：（水户线）水户发车（15：19）到达小山（16：35），小山发车（16：43）（转东北本线）到达宇都宫（17：11），宇都宫发车（换乘"回声141号"，17：15）到达福岛（18：09）

5

矢代死死地盯着笔记本上记下的数字。

事实证明由纪并没有说谎，她在福岛看到田村也是完全有可能的。

虽然调查有了进展，矢代就是高兴不起来。

田村毕竟是旧友，一起在水户大学度过了难忘的四年大学生活。他当时是那样朝气蓬勃，绝不是个作恶的坏人。

不过，现实是无情的，既然由纪说的是真话，田村就有重大的犯罪嫌疑。

矢代心情沉重地站起身来，决定现在立刻赶去天童温泉，和暗中跟踪而来的田村决一死战。

他返回福岛火车站，直接买了去天童的特快列车车票。那是十五点二十四分从福岛发车的特快列车"鸟翼 11 号"，终点站是秋田。

矢代上了列车，在一个靠窗的座位落座。

列车驶离福岛火车站后，迅速进入了东北的内陆地区。

透窗看去，列车正盘桓在崇山峻岭之中。时下正是初秋，水户和福岛的枫叶才刚泛红，这一带却已经万山红遍了。随着列车下的铁路不断提升高度，周围出现了黄色和红色交相辉映的景色。山上的松林和杉树林还留存着浓浓的绿色，在色彩的变化中更显得青翠欲滴……

十七点整，列车准时到达了天童火车站。

矢代走下月台，感到冷风飕飕，寒气逼人，连呼出的气息也化成了白汽。

出了火车站的大门，矢代上了一辆出租车，对司机说了声："松竹馆！"

十二三分钟后，出租车到了松竹馆。矢代走进大堂，对服务台刚报了自己的名字，就听到一声惊喜的声音："你真的来啦！"说话者正是在大堂久候的原田。

矢代要了三楼的一个单人间，原田热心地陪他进房。

两人在走廊上肩并肩地走着，急切地交谈起来。

原田说："现在终于放心了，刚才还担心你会不会来呢。"

矢代问："田村还没有现身吗？"

"已经提醒大家注意了，但到现在还没有人发现。"

两人乘电梯上了三楼。原田和敬子以及阿部夫妇都住在三楼。

矢代进入了自己的房间，原田也跟着进来。

原田说："六点半在我的房间一起吃晚餐，可以吗？"

矢代答："没问题！"

此时，房间里开着暖气，非常暖和，矢代顺手拉开了窗帘。

璀璨的霓虹灯光扑面而来。

原田在旁边介绍："那一带是酒吧和夜总会集中的闹市区。"

他还说昨晚大家都出去了，在一家夜总会唱了卡拉 OK。

矢代问："阿部夫妇现在在房间里吗？"

原田答："大概去泡温泉了。你也去吧，那个叫王将的温泉池很大，很壮观。"

"我有点累了，待会儿再去吧。"

"那我先去了，六点半到我的房间来吃晚餐，房号 332 。"原田说着就走了。

房间里只剩矢代一个人，他坐下来点起一支烟，心神不宁地思忖着。

这样强行来天童效果好吗？他一时无法判断。

留在水户，陪伴由纪的遗体岂不更好？来到天童后，如果抓到了田村，让他坦白自己的罪行，不就更加深了痛苦吗？

转念一想，又觉得不妥。如果这样待在水户心里更难受，整天陷于对田村的怀疑和焦躁之中。

矢代确信，如果田村是罪犯，一定会在天童现身的。因为他恨的不光是由纪，还包括所有没伸援手的杂志同人。

就在矢代胡思乱想的时候，突然门外有人在转动门把手。矢代不经意地看了房门一眼，没有即刻做出反应。

门外的人见没有动静，开始用力地敲门。

"你是谁？"矢代紧张地问道。他的声音很轻，仿佛只有自己能听到。

"我是客房服务员，给您送水来。"门外传来了一个女人的声音。

矢代松了一口气，同时为刚才的狼狈相感到羞耻。他起身开了房门。

一个女服务员拿着热水瓶和茶点走进来，礼貌地打个招呼："欢迎光临！"

服务员离开后，矢代突然失去了自信。他暗自发急：这样的精神状态是不行的，要是田村真的出现了，我还能自信满满地对付他吗？

第 五 章

1

为了提振精神，矢代决定也去浴池泡温泉。

他乘着电梯从三楼下到一楼，推开了一扇写着"男士浴池"的玻璃门。

浴池里空荡荡的，只有一个客人在泡澡。矢代刚进入浴池，那个客人也走了，宽大的浴池里只剩下他一人。

矢代在池水里舒适地伸展手脚，仰望着浴池的天花板。

这儿处于天童的市中心，现在却出奇地宁静，简直像深山里的"秘汤"。由于温差的关系，面向庭院的玻璃窗蒙上了氤氲的水汽。

"要是由纪还活着，一起来这儿泡温泉该多好！"矢代触景生情地想着，又燃起了对杀人罪犯的愤怒火焰：哪怕罪犯是田村也绝不饶恕，要是在这儿见到他，恨不得马上把他杀了。

矢代无心泡澡，干脆坐在浴池的边缘，凝望着蒙着水汽的玻璃窗，满脑子想着由纪被害的心事。

这时候，浴池的玻璃门突然开了，原田走了进来。

"怎么样？这个浴池不错吧？"原田问了一声，将肥胖的身躯浸入池水里。

矢代沉默着没有应答，原田像小孩一样在浴池里来回游动着。

原田问："我们明天准备去市内观光，你也去吗？"

"看情况吧。"

"现在天气这么好，不出去走走有点可惜了。再说大家一直保持高度警惕，田村要现身也难，我们开始自由行动了，说不定他会出来的。"

"天童城里有什么好玩的地方吗？"

"很多，好像到处都有。"

尽管原田观光的兴致很高，矢代还是不明确表态，并提前离开了浴池。

大家一起在原田的房间里吃晚餐，看到原田和阿部都是俪影双双，矢代不禁又想起了由纪。

"到现在还看不出田村到天童的迹象。"阿部一边用餐，一边对矢代说道。

"我想过了，田村这家伙非常狡猾。"矢代停顿了一下，把路上根据列车时刻表推理的情况告诉了众人，说明如果田村巧妙地利用了水户线和东北新干线的列车进发时刻，就能在水户火车站目送众人乘坐的列车驶离之后，抢先到达福岛。

"这家伙会那么聪明？"原田饶有兴趣地瞪大了眼睛。

"真的有这种可能性？"阿部依然半信半疑。

吃过晚餐，矢代回去拿了列车时刻表给大家看。他一边在笔记本上记录，一边做出说明。

"原来如此！田村在铁路线上要了花招。"阿部似乎被说服了。

"我还是不相信田村是罪犯。"绿子悲伤地固执己见。

绿子在大学时代就是善良的姑娘，也许不能接受过去的朋友是罪犯的事实。

敬子依然以外来者自居，兴趣盎然地看着矢代标示的水户线和东北新干线的路径，小声地对原田说："真有趣，乘火车还有这么多名堂。"

矢代最后慎重地说道："我并不想就此认定田村是罪犯，因为现在还没有确凿的证据，只不过通过这个方法证明由纪见到田村是有根据的，所以见了田村也先听听他的解释。"

矢代的这番话一半是真的，还有一半就难说了。如果见到了田村，他自己都不清楚能否保持冷静，多半会不问青红皂白地冲上去痛打一顿再说。

2

夜深了，矢代一人待在房间里久久不能入睡，不得不披衣起身，站在窗口发呆。他用手拭去了玻璃窗上的水汽，静静地俯瞰着天童市的夜景。

旅馆附近是酒吧和夜总会集中的地区，到处闪烁着迷人的霓虹灯，但和东京闹市的霓虹灯海相比就显得微不足道了。除了这一地区，其他地方都沉浸在黑暗之中。矢代心想黑暗中应该蛰伏着一个男子，他就是田村。

"如果你到了天童，赶快在我面前出现！"矢代对着窗外轻轻地喊着，当然没有任何回应。

矢代无奈地钻进被窝，转辗反侧地睡不着，迷迷糊糊地挨到了天亮。

吃过早餐，矢代就和大家一起外出。他不想单独留在旅馆里，再说一旦有了行动，田村就有可能现身。

阿部包租了一辆小轿车，五个人乘上车开始了市内观光。虽然有些奢侈，但也表明了他想让矢代好好散心的一番情意。

天童是个仅有五万人的小城，只要花两个小时，就能兜遍市区的大街小巷。

小轿车很快就驶离了旅馆，虽然外面很冷，但是阳光灿烂，天气晴好。

阿部对司机说："我们就是市内观光，你当导游吧。"

那个五十岁左右的司机稍思片刻，建议道："我们先去舞鹤公园吧，那儿是眺望天童的最佳场所。"

轿车很快就开始爬坡，经过养殖鲤鱼的爱宕沼后，到处都是插着"小心落石"木牌的陡坡。好在山并不高，山顶上还建了停车场。尽管天很冷，游客的游兴依然不减，停车场上已停放着十五六辆观光客车。

正如司机所说，这儿的眺望地形极好，不仅是天童市，甚至整个山形盆地都一览无余地展现在眼前。

在停车场里面，有一个类似网球场的空间，四周还有阶梯形的观众席。司机说那儿不是网球场，是春季进行真人演示的将棋比赛场所。

参观完毕，轿车载着矢代一行下了山，顺道去参观由一个老人创办的民艺馆。据说那儿主要展示在天童出生的日本著名流行歌手佐藤千代子的作品，她曾以一首《波浮的港》风靡全日本。

到了民艺馆后，矢代一行无法进去，因为那儿没有售票的窗口。

原田焦急地对着里面大声呼喊："有人吗？"

过了好半天，从馆内走出一个老人，慢吞吞地说道："欢迎光临！"

每人付了四百日元后，老人从馆内拿出门票交给他们。

"现在我来讲解一下吧！"老人把大家领进馆内后，指着满屋的展品开始宣讲起来。虽然他讲得津津有味，但展馆内没有阳光，显得非常寒冷。

老人说二楼有将棋"马"的制作表演，大家听了都想尽快去二楼看看，顺便休息一下。

矢代呼着白汽正要上二楼，突然发现靠窗的桌子上放着一本签名簿。

他随意地翻着签名簿，桌上放着纸砚，参观者可将自己的姓名和住址写在签名簿上。

"里面写着什么？"原田过来好奇地问道。

签名簿上写着各地游客的名字，既有东京人，也有东北和关西人。

矢代翻到签名簿上有签名的最后一页，不由得发出"啊！"的一声惊呼。

他看到了"东京 田村明人"的签名。

原田也发现了这个签名，惊奇地嚷道："这不是田村留下的吗？"

矢代的神色很紧张："他的签名后面只有另外两个人的签名，看来是昨天或者今天刚写下的。"

这时候，其他三人已随老人上了二楼，矢代拿着签名簿和原田一起跟着上楼。

二楼是制作将棋"马"的工场，还有一个专门出售当地土特产的柜台，房间里生着很大的火炉，所以非常暖和。

一个五十岁左右的手艺人正在雕刻将棋的"马"字。

矢代拿着那本签名簿问老人："您还记得这个叫田村的游客吗？他是昨天还是今天来这儿参观的？"

"哦，不记得了。我没看见他什么时候签名的。"老人缓缓地回答。

矢代拿出田村的照片给老人看："您对这个人有印象吗？他应该是昨天或者今天来这儿的。"

老人仔细地看着照片，摇摇头："不记得了。"

"可他应该是这两天来的，您真想不起来吗？"

老人摆摆手："每天来的客人有好多，我哪记得住？"

看来他说的是实情，不像在说谎。

矢代又把签名簿给阿部和绿子看，问道："这字像是田村写的吗？"

阿部点点头："非常像。"

矢代也觉得这字很像田村的笔迹。田村的字非常有特点，一般人的字体总是朝右上方翘起，而他偏偏朝右下垂，而且该钩的笔画也不钩。签名簿上的笔迹完全符合这种特点。

原田说："矢代预测得很准，田村果然来天童了。"

阿部摇头表示怀疑："那他为什么要来民艺馆呢？"

原田很干脆地回答："闲着无事，和我们一样来参观，有什么好奇怪的？"

阿部还是摇头："如果田村不存芥蒂，应该和我们一起活动才对，但他没有来，这是为什么？还不是有了隔阂，感情疏远了，才不想来吗？"

"可他确确实实在签名簿上签了名呀。"

"我们是来参观的，而田村的签名是别有用意的。"

"什么用意？"

"他是想让我们见了害怕。田村在水户火车站和福岛火车站故意露面让由纪看见，现在又在这儿暴露他的签名，不就是向我们示威，表达他的仇恨吗？"

3

参观了将棋"马"的制作后，多少感受到一点快乐的气氛，但是田村签名的出现又成了大家的一块心病，人人都担心自己会成为下一个牺牲者。

市内观光提前结束了，矢代一行匆匆地返回旅馆。

吃过晚餐，这种悲观的气氛依然没有消失。只有矢代的心情与众不同，由纪已经遇害了，即使现在也想见一见田村，而原田的心思和他完全不一样。他对大家说道："这样紧张可不行，没有一点乐趣，还是叫个弹唱艺人来乐和乐和吧。"

阿部责备地看了他一眼："你也不能光顾着乐和而不考虑矢代的情绪。"

矢代说："我也赞成叫艺人来调节一下气氛，大家难得来天童，不乐和一点怎么行？"

绿子提醒道："由纪尸骨未寒，我们还是谨慎一点好。"

原田有些不以为然："这样就太没劲了，就是由纪看到我们垂头丧气的样子也会感到遗憾的，因为她是个喜欢快乐的人。再说田村什么时候现身还不知道，我们过于紧张就会感到很疲劳。"

"你不要多说了，我这就去叫艺人来。"矢代说着，率先站了起来。

他知道阿部夫妇一定也想取乐的，只是顾及自己的情绪，要是不主动去叫艺人，谁都不会擅自行动的。

于是，矢代来到大堂的总服务台，拜托服务员联系艺人，自己则走出旅馆大门，环视着四周。

虽然附近亮着霓虹灯，但灯光和东京相比少得可怜，加之天气寒冷，路上的行人稀少，显得十分冷清。矢代待了一会儿，根本没有见到田村的人影。

过了一个小时，两个女艺人来到了客房。中年的艺人衣着得体，神态稳重；年轻的艺人性情活泼，仿佛叫她跳有氧体操也没问题。

大家一边喝酒，一边向两个艺人打听天童的风土人情，原先的紧张气氛渐渐缓和下来。

矢代借口身体有点疲劳，提前回到了自己的房间。虽然艺人来了气氛有所好转，但他发现阿部和绿子时不时地用担心的眼光窥望着他，心里很不舒服。

将近十一点了，矢代在房间里靠着被子无聊地点起一支烟来。

由于艺人还在，原田的房间里应该还很热闹，但是听不到那儿的声响。

矢代有些心神不宁地想着：现在警方会有什么行动吗？

福岛县的警署应该正在深入调查亡妻的被害事件吧？但到现在也没有和我联系，难道遇到了什么困难吗？

由纪在水户和福岛火车站都看见田村，警察会相信这样的事吗？

矢代估计电视新闻中可能还有事件的后续报道，赶紧起床开了电视。此时正是播报新闻的时间，当地电视台在详细地播报山形县内的交通事故，绝口不提前不久发生的饭坂温泉杀人事件。他又调了几个电视频道，情况大致相同。

不安的思绪突然袭上心头：难道警方和媒体都忘了由纪被害事件吗？

虽然很晚了，矢代还是给福岛县警署打了电话。正巧负责由纪事件调查的户田警长还在警署里。

户田在电话里"唔、唔"地回应着，最后说道："你那儿的大致情况我已经知道了，现在在电话里也讲不清楚，我明天就来天童，你还在吗？"

"我在，等你过来！"矢代肯定地回答。

4

打完电话，矢代的心里依然不能平静，决定再去泡一次温泉。

他来到走廊上，在去电梯间的中途顺便看了看原田住的房间，发现门开着，敬子正在收拾房间。

矢代问："艺人已经回去了？"

听到矢代的声音，敬子停止了整理，回道："是啊，两个男人也跟着出去了。"

"这么晚还出去？已经过十二点了。"

"嗯，他们说酒还没喝够，艺人就陪他们去附近一家熟悉的酒馆了。"

"要是你陪他们去就好了。"

敬子笑道："我不行，困了只想睡觉。"

"绿子怎样了？"

"她说累了，就回房间去了。说不定已经睡着了。"

"在你的房间里摆酒席，让你受累了。"

"没关系，我就简单地收拾一下，马上就睡了。"

矢代对她说了声"晚安"，就乘电梯下到一楼，直接走进浴场。

已经过了十二点，整个旅馆都安静下来，只有温泉喷出的水声在浴场里回响。

过了十二三分钟，矢代回到了自己的房间。

钻入被窝，他还是翻来覆去地睡不着，也许亡妻的案件解决后才能放下心来睡个安稳觉。

凌晨三点钟，突然听到有人在敲门，矢代立刻披衣而起："是谁？"

"是我，敬子。"

矢代慌忙开了门，只见敬子穿着睡衣站在门口，脸色非常苍白。

"有什么事吗？敬子！"

"他到现在也没回来。"

"不是说和艺人一起出去喝酒了吗？"

"是呀，可是阿部回来了，他还没回来。"

"你问过阿部吗？"

正说着，阿部夫妇也离开房间走了过来。

阿部担心地问敬子："他还没回来吗？"

敬子点点头："是的。"

矢代问阿部："你们不是一起回来的吗？"

"是原田先回去的。"

"他先回去的？"

"我们在附近一家叫'惠'的夜总会喝酒，唱卡拉OK。到了一点半左右，原田说他要回去了，我原打算和他一起回旅馆，但是那个中年艺人硬要我陪她再唱一首歌，结果原田一人先走了。我是两点回来的，总以为原田早已回来了，哪想到……"

"从旅馆到夜总会有多远？"

"很近，步行五六分钟就到了。"

"难道他半路上碰到田村了？"

"啊……这个我倒没想到。"

"我们再去那家夜总会看看吧。"

"只好这样了。"

于是，四个人乘电梯下到一楼，在阿部的引导下离开旅馆向夜总会走去。

那儿确实很近，并排开着五六家夜总会和酒吧。矢代等人进了"惠"夜总会，没有看见原田，他们又去了其他几家夜总会，也不见原田的人影。接着，他们仔细地搜查原田回旅馆的路径，怀疑原田会否醉倒在路上，或者突然感到不舒服而就地躺下，但是找了半天还是没有发现。

"难道他……"阿部的声音不由得颤抖起来。

"不会有事的。"矢代竭力安慰道。其实他心里也很慌乱，不敢想象自己的妻子遇害后又失去好朋友，况且凶手还可能是过去的旧友。

阿部焦急地说道："现在真没辙了，我们到处找都没见到他。"

矢代终于恢复了常态，想了一下对阿部说："有一个地方我们忘了寻找。"

"什么地方？"

"现在外面很冷，你回到旅馆后首先会做什么？"

"我一进入房间就钻被窝了。"

"这儿是天童，应该还有其他的取暖方法吧？"

"难不成他去泡温泉了？"

"有这种可能。原田离开夜总会后，因为喝醉了，就踉踉跄跄地回到旅馆，那时他一定感到很冷，就想先去浴场泡泡温泉再回房间，所以就去了浴场，没想到醉意涌了上来就躺在里面睡着了。"

"你说他躺在浴场里睡着了？"

"这种可能性极大。因为是温泉，浴场里非常暖和，躺在里面会感到很舒服。"

"要是如你说的那样就太好了。"

四个人赶紧返回旅馆，阿部和矢代急匆匆地走进男子浴场。

阿部一见里面的情景，高兴地叫道："还是你说得对，他果然在浴场。"

矢代定睛看去，一个赤裸的男子正俯卧在澡盆的旁边，溢出的温泉水不断地冲洗着他的身体。

"原田！"矢代大声地叫道。

原田一动不动地躺着，样子有点怪异。

矢代慌忙跑过去，阿部也紧紧跟在后面。

走近一看，矢代不由得大吃一惊。原田的脑后部裂开一个大口子，好像受到了袭击，正不断地直冒鲜血……

矢代抱起原田的身体，发现他的颈部留下一道紫色的勒痕。

矢代一边抱着原田，一边对阿部急切地喊道："快！快去叫救护车！"

阿部立刻飞奔出去打急救电话。

五六分钟后，旅馆外面响起了救护车的铃声，旅馆里的人也都惊醒了，纷纷出来看个究竟。救护员抬着担架冲进浴场，把了把原田的脉搏，说："人已经死了。"

矢代对救护员发出怒吼："你不能这样草率做出结论！"

"他的心脏已经停止跳动了！"

"赶快送他去医院！"

5

两个救护员似乎迫于矢代的压力，迅速把放着原田的担架送进救护车。敬子和矢代也随车而上，直接驶向市内的急救医院。

一到医院，急救医生立刻对原田进行了仔细检查，最后皱着眉摇了摇头。

矢代着急地问道："他不行了吗？"

"已经死了。"

"有什么办法再抢救一下吗？"

"非常遗憾，我实在无能为力。"

敬子呆呆地看着已经变成一具死尸的原田不发一言。

急救医生冷静地吩咐："赶快向警方报警，这是一起明显的杀人事件！"

一个救护员立刻打了报警电话。

不一会儿，警车鸣着警笛赶到了医院，两个刑警走了进来。

医生让刑警们查看了原田破损的脑后部，肯定地说道："很明显，死者的脑后部受到钝器的袭击，罪犯又用带子紧勒他的颈部，造成窒息死亡。"

一个刑警看着矢代和敬子，问道："你们是死者的亲友吗？"

矢代说出了原田的名字，又向刑警说明此次组团旅游的经过。

当他说到自己的妻子在饭坂温泉也被杀害的情况时，刑警的眼睛一亮，和一起来的同事对视了一眼，说道："这可能是连续杀人的恶性事件。"

这时候，阿部夫妇乘着旅馆的车子赶到了医院。

刑警们声称要去现场勘查，又带着所有人返回旅馆。

两个刑警迅速地进入浴场，矢代等人在一旁看着。

一个刑警似乎发现了什么，穿着长裤就跳进了浴池。

矢代等人紧张地看着。

少顷，那个刑警从浴池的底部捡起一个铁制的烟缸。

这是放在更衣室的三个烟缸中的一个，是南部生产的铁器产品。

刑警认为这个烟缸可能就是罪犯用来袭击原田的凶器，可惜现场没有找到勒死原田的带子。

接着，在浴场前面的大堂里，矢代等人接受了刑警的询问。

询问矢代的是名叫吉田的中年刑警，重点谈及田村的事。吉田一边在笔记本上记录，一边问："那么说，你怀疑过去的旧友田村可能是行凶的罪犯？"

"我不愿去想，但我觉得他有杀害由纪和原田的动机。"

"你说田村在水户火车站目送你们之后，又比你们先到达福岛火车站，然后还在天童的民艺馆留下了自己签名，真是很有趣啊。"

"我一点都不觉得有趣。"矢代抗议似的回答。

吉田眨了眨眼睛："对不起，我有些用词不当。"

矢代继续说："我认为田村预计我们会去民艺馆，故意留下签名示威的。"

吉田点点头："也许是这样的。"

矢代的声音越发激昂起来："我很想尽快见到田村，听听他的解释。如果他不是罪犯当然很高兴，如果是罪犯，希望他为了自己立刻停止这种愚蠢的行为！"

6

没过多久，天色大亮。

两个刑警吩咐大家不要离开松竹馆，暂且回去复命了。

矢代关切地对敬子说："你快去睡一会儿吧。"

但是敬子死活要和原田待在一起，再次去了医院。

于是，剩下的三人一起进了阿部夫妇的房间。

阿部脸色苍白地问矢代："你觉得原田真是田村杀害的吗？"

"除了他还会有谁？"矢代点起一支烟，没好气地反问道。

"我还是不相信！"绿子依然固执己见。

矢代摇摇头："我也不愿这样想，但他确实有可能杀害由纪和原田。"

阿部表示怀疑："田村不住在旅馆，他怎么下手呢？"

"白天当然不行，但原田遇害的时间是深夜。那时候，大堂服务台的服务员都睡觉了，只有大门还开着，田村偷偷溜进来的话谁都不会注意，还以为他是去外面喝酒晚归的住店客人，我估计田村多半是尾随着原田进来的。原田因为喝醉了感到寒冷，就想在回房前先去温泉浴场泡一下。那时已过了凌晨一点半，田村估计其他的客人都进房休息了，浴场里只有原田孤身一人，所以就跟了进去。他在更衣室里拿了一个铁制的烟缸，悄悄地走近原田的背后，冷不防狠砸他的脑后部。等到原田失去意识昏倒在地上后，田村就用事先准备好的绳索勒死了他。作案后，田村把烟缸投入浴池，带着绳索逃离了旅馆。"

阿部有些忐忑地说："我应该是在案发后才回来的。"

矢代想了一下，问道："你大概在两点钟回来的吧？"

"是的。"

"那是原田回去后半个小时的事了，田村有足够的时间作案和逃离现场。"

交谈之中，新的一天已经开始，和煦的阳光照进了房内。

阿部说："我们还是抓紧时间睡一会儿吧，就是睡不着也得休息一下。"

7

矢代睁开眼睛，已是中午时分。

矢代做了一个田村追杀自己的噩梦，醒来时，腋窝下满是汗水。

这时候，阿部在房门外叫道："矢代，快起床！"

矢代立刻回应："我已经起来了。"

"我们马上去一楼大堂，你也赶快下来吧。"

"发生什么事了？"

"调查由纪案子的户田警长来了，他要和我们见面。"

"哦，我已经给他打过电话了。"

矢代匆匆地打理一番，赶紧下到一楼。

这时候，户田警长正坐在一楼的沙发上和阿部夫妇谈话。

矢代上前跟户田打个招呼。

户田微笑着对矢代说："昨晚接到你的电话，所以一早就赶过来了。"

矢代遗憾地回答："那时候原田还活着呢。"

户田说："今天早上刚知道这个消息，真是大吃一惊，赶紧跑来了。我和这里的警署说好了，双方一起联合调查。"他拿出一支大烟斗叼在嘴上，由于旅馆禁烟，所以烟斗里没放烟丝。

户田继续发问："对于原田的死，你们还是认为是田村干的？"

阿部耸耸肩："很遗憾，除了他，我们想不出其他线索了。"

户田看着矢代："你也这么想的吗？"

"是的，我认定田村就是罪犯，虽然他是我们过去的朋友，怀疑他会很难受。"

"告诉你，他绝不是罪犯！"户田一言震惊了四座。

矢代依然不服气："凭什么说他不是罪犯呢？"

户田并不松口："简单地说，这样的罪犯是不存在的。"

矢代红着脸争辩道："事实是明摆着的，田村在水户火车站目送我们乘坐的列车驶离后，就通过水户线换乘新干线高铁提前到达福岛，伺机杀害了由纪。"

户田微笑道："我记得，这就是你在电话里说的所谓田村计谋。"

"是的，他先乘列车通过水户线到小山，然后转入东北本线到宇都宫，再换乘东北新干线的高铁'回声141号'，比我们提前到达了福岛。"

户田继续摇头："你的认真推理我很佩服，但是这样的推理是错的。"

"不可能，我反复对照了列车时刻表，不会出错的。"

户田说："接到你的电话后，我也认真查看了列车时刻表，正如你说的那样，通过水户线再换乘新干线列车是可以追上你们的。"

矢代听了眉毛一扬："那不是没问题了吗？我的妻子就是田村杀害的。"

"在下结论之前，最好先看看这个吧。"户田说着，从口袋里拿出一份折叠的报纸交给矢代。

矢代急急忙忙打开报纸，阿部夫妇也在一旁观看。

这是十一月九日的晨报，上面登载了这样一条新闻："十一月八日，水户线发生事故，交通瘫痪三个小时。"

据报道，十一月八日，十四点十八分由水户发车去小山的列车在中途福原附近和一辆大型卡车相撞，造成水户线三个小时的交通瘫痪，到夜晚才恢复通车。

户田问矢代："十四点十八分由水户火车站发车的列车就是田村目送你们乘坐的列车，如果他乘上后面十五点十九分发车的列车，从小山到达宇都宫再换乘新干线高铁的话，应该能追上你们，对吗？"

矢代回答："是的。"

"由于你们乘坐的这班列车发生了事故，造成水户线近三个小时的交通瘫痪，田村就无法对你们耍弄这种计谋，明白吗？因为他无法利用水户线了。也就是说，他无法比你们提前到达福岛了。"

矢代硬着头皮继续辩解："内人确实在福岛火车站看见了田村，这怎么说呢？"

"也许她把相似的男子错看成田村了。"

"内人的眼力一直很好，我不相信她会看错的。"

户田慢悠悠地下了结论："不管你怎么说，那天下午水户线确实发生了交通事故，田村也无法利用水户线，所以你的推理是不成立的。"

听了这番话，矢代的心里也直打鼓：难道由纪看错了，或者她对我撒了谎？

第 六 章

1

"这太意外了！"阿部轻轻地摇头叹息。

"你的推理思路是对的，我只是不相信田村是罪犯。"绿子的表情很复杂。

"可是除了田村，又是谁杀害了由纪和原田呢？"矢代仿佛在自问自答。

户田冷静地看着矢代："你真的以为罪犯只是田村吗？"

"我实在想不出罪犯是其他人，难不成是小偷杀了他们？"

户田眯起眼睛："你说得也是，小偷绝不会特意跟着原田进浴场行凶的，最多去更衣室偷盗物品而已。"

"那你说是谁杀害了他们？"

户田苦笑道："你好像在批评我嘛。"

矢代摆摆手："没有的事。"

户田的语气开始严肃起来："那我就说说自己的想法。"

矢代问："什么想法？"

阿部也有了兴趣："我也想听听警察先生的想法。"

"你真的想听吗？"户田故意卖个关子。

矢代有些不耐烦地催促道："你还是快说吧。"

户田清了清嗓子，说道："正如矢代君说的那样，这两起案子绝不是小偷干的，真正的罪犯应该在你们中间。"

虽然他说的是实情，但听了这番坦率之言，矢代的心头沉甸甸的。

户田继续说下去："我感到最奇怪的是田村，他是你们的旧友，现在却恨你们每个人，而且死去的由纪说在水户和福岛火车站亲眼看见他。"

矢代补充道："我们在天童的民艺馆也看到了田村留下的签名。"

户田不为所动："这个我知道。但是请不要忘了，由于十一月八日水户线发生了交通事故，田村不可能赶到福岛的饭坂温泉来杀害由纪。如果不是田村，罪犯到底是谁？显然就在剩下的人员之中。你们赞成我的想法吗？"

矢代提出了抗议："这也太简单了！"

户田反问："哪儿太简单了？"

"这不就像二减一等于一那样简单吗？"

户田摇摇头："准确地说，应该是六减一等于五。你们五人加上田村共六人，由纪在饭坂温泉遇害时就是这种情况。由于田村不可能及时赶到福岛，所以嫌疑人就在剩下的五人之中。如果把天童遇害的原田也排除掉，嫌疑的范围就只有四人了。"

阿部惊异地发问："你是说我们四个都是嫌疑人？"

户田的言辞越发犀利："你刚才说想听听我的想法，所以就直截了当地说了出来。说到底，你们夫妇也难脱干系。"

"你怀疑我们？为什么？"

"既然在水户火车站目送列车驶离的田村能够在饭坂温泉杀害由纪,那你们同样在火车站送别朋友,田村能做的事你们夫妇也一定能做,难道不是吗?"

"那我们的杀人动机是什么呢?"阿部气呼呼地问道。

"这个暂且不知道,我的怀疑只不过是就事论事。如果田村的行动怪异,那么你们夫妇的行动也怪异,现在知道田村不可能来福岛杀害由纪,你们也就不可能了。这不是很好吗,阿部君?"户田半开玩笑地说道。

阿部依然绷着脸:"你连我们夫妇也要怀疑吗?"

绿子恐惧地叫道:"那太可怕了!"

户田耸耸肩:"我的工作就是怀疑你们所有的人,如果田村和你们夫妇是清白的,剩下的三人就有问题。"

2

矢代感到很愤怒,他质问户田:"你这是什么话? 难道是我杀了自己的妻子吗?"

户田正色地回答:"剩下的三人中,一人是原田,他已在天童遇害了,所以只有两个人了。"

"请等一下!"矢代慌忙打断了户田的话。

"为什么?"

"你说的那两个人不就是我和原田的女友敬子吗?"

"那是自然的。"

"她不是我们过去的旧友,根本没有作案动机,你的意思不就是针对我吗?"

"我这么说有什么错?"

"别开玩笑了,我有作案动机吗? 我爱我的妻子,现在就想抓住那个罪犯。"

"作案动机有好多种，不能一概而论。"

"我有什么作案动机？"

"你的夫人是个很有魅力的美人。"

"这和作案动机扯不上关系。"

"表面上来说是这样的，但是，一个拥有漂亮夫人的男人往往有着很强的妒忌心。你会怀疑过去的旧友，比如说原田会不会暗恋由纪？这使你很不安，甚至狂躁。当你失去理智的时候，就可能先杀了由纪，然后再对原田下手。"

矢代强抑着怒气问户田："你知道我现在在想什么吗？"

"在想什么？"

"我是在拼命地克制自己，否则就会揍扁你！"

户田听了并不畏惧，继续说道："如果你不是罪犯，剩下的就是加藤敬子了。你会相信她杀了你的夫人和自己的恋人原田吗？"

"当然不相信。"

户田轻轻一笑："如此说来，岂不是没有罪犯了吗？"

阿部插嘴问道："加藤敬子是个怎样的女人？"

矢代说："我是去水户的时候第一次经原田介绍认识她的，也许她是个有过什么经历的女人，但她是什么性格就不知道了。"

户田问阿部夫妇："你们是怎么认识她的？"

阿部答："我是在水户和她初次见面的。"

绿子附和："我也是。"

户田问大家："这么说，你们都不知道敬子是个什么样的人？"

矢代答："我们都不清楚，只知道她是原田的恋人。"

户田的脸色很严峻，"敬子也是嫌疑人，也许她恨你们才有意接近原田的。"

阿部点点头："也有这种可能性。"

户田问："她在医院吗？"

矢代答："是的，她应该还在放着原田遗体的医院里。"

户田果断地说道："那我也去那儿看看！"

3

户田去了放着原田遗体的医院。

旅馆的大堂里只剩下矢代和阿部夫妇。

"我们喝点咖啡吧。"阿部为了缓和刚才的紧张气氛，好心地说道。

接着，他亲自去旅馆的茶室买了咖啡分送给矢代和绿子。

绿子喝了一口咖啡："真是吓死人了，那个警长连我们都要怀疑。"

阿部也不满地皱起眉头："幸亏水户线发生的交通事故救了我们，如果运行正常的话，我和你都要被他当罪犯看待了。"

矢代更是一脸的不快："你们还算好的，我到现在还被他列为怀疑对象呢。"

绿子快人快语："我们可不认为你是罪犯。"

"那个警长不是这样想的，他认为杀妻案是常有的事，我不能被排除在外。"

阿部说："你也别烦恼了，我们都知道你和由纪是真心相爱的。"

矢代叹息道："谢谢你们的好意，现在由纪死了，要证明我们相爱就困难了。"

他是为了寻找杀害妻子的罪犯才强忍着悲痛赶到天童的，现在却差点被警方误认为罪犯，真是有苦说不出，除了叹息毫无办法。

阿部问："你觉得敬子像罪犯吗？"

矢代答："讲不清楚，警长怀疑她，我又不熟悉她的情况。"

"原田真的想和她结婚吗？"

"根据我的观察，他俩像是真心相爱的，就是一点都不了解她。"

"她有可能恨我们所有人吗？"

绿子一口否定，"她长得那么可爱，不会有这种可怕的心理。"

矢代拿着咖啡杯站立着，一边看着窗外，一边缓缓地说道："如果她恨我们，根源应该在水户的大学时代。也许我们大学毕业后，做了对不起她的事。"

阿部好奇地发问："你在想什么呀？"

"我在想各种可能性，也许我以前见过敬子。"

绿子立刻表示怀疑："怎么会呢？"

阿部也附和道："我完全没有印象。"

矢代依然固执己见："我们六个人是没有直接欺辱和伤害过她，但有可能在无意中伤害了她的家人或朋友。"

绿子同样反对："我没有这样的记忆。"

阿部则振振有词："虽然那时我们很年轻，也许做过一些糊涂事，但绝不会出格，更不会做出让她想要复仇的丑事。"

矢代突然想起了什么，问道："我们有没有发生过驾车伤人的事？"

阿部瞪大了眼睛："怎么会有这种事？"

"大学时代，我们都考到了驾照，六个人凑钱买了一辆二手车，还记得吗？"

"当然记得，是有这回事。"

"我们一起乘着那辆二手车在城里兜风，当然也有个人使用的情况，难道没发生过交通事故吗？"

阿部朝绿子看了一眼，立刻回答："我和绿子都没发生过交通事故。"

矢代点点头，"我也是，不过其他人的情况就不知道了。我们不妨假设两种情况。一种是一个人开车发生了交通事故，他没有告诉另外五个人。结果那个被撞的人死了，他的女儿就是敬子。敬子经过多年的寻找，终于找到了肇事的车主，车主就是阿部。"

阿部挠着头："对，就是我。"

矢代继续假设："还有一种是六个人同时乘车出去兜风，不小心撞了人，敬子不知道当时开车的是谁，就决定杀死所有这六个人，为了达到目的，她就设法接近了其中的原田。"

阿部苦笑道："你讲的就像是电影里的故事，而且很荒谬。因为不知道六个人中谁是肇事者就把六个人都杀了，这样的白痴是不存在的。"

4

矢代实在不想在自己的朋友中寻找罪犯。

阿部夫妇也是如此，当他们听说不是田村杀害由纪的推断时，惊奇之余，想必松了一口气，所以他们的注意力都集中在朋友圈之外的敬子。

矢代对阿部说："你想保护敬子，又不了解她的情况，这样做是没用的。"

阿部答："我并不是这个意思。"

矢代对敬子的兴趣更加浓厚了，"我认为敬子有作案的可能性，最好对她的情况进行调查。"他的思维逻辑是：既然田村没有可能杀害由纪，阿部夫妇的情况又和他完全相同，而且原田也遇害了，唯一可疑的就是敬子。

阿部问："我们怎么对她调查？面对面地问她你恨我们吗？"

矢代面露难色："具体方法我也不知道。"

绿子自告奋勇："还是让我婉转地问她吧。"

"绿子的建议好，女人之间好说话。"阿部松了一口气。

矢代也感到心里的一块石头落了地，因为他不擅长向女人提问题。

傍晚，敬子一脸疲惫地回到旅馆。

矢代和阿部找个借口离开旅馆，只剩下绿子陪着敬子。

两人走进了旅馆附近的一家炒面店，在里面的餐桌旁坐了下来。

矢代问："她俩在一起不要紧吧？"

阿部大大咧咧地回答："没关系，绿子很聪明，一定会问得很巧妙。"

"我还是有些担心，如果她真是罪犯，要把我们所有人都杀死的话，现在不是为她提供了绝好的机会吗？"

"你多虑了，敬子不会那么蠢。"阿部笑道。

看来他还是为绿子担心的，笑起来并不那么爽朗。接着，他又补充了一句："现在只有她们两人在一起，如果绿子遇害了，敬子不就自我暴露了吗？"

"说得也是。"矢代放心地点了点头。

阿部和矢代吃了炒面返回旅馆，看到绿子一人留在大堂里。

阿部问："她人呢？"

绿子答："回自己的房间了。"

阿部坐在沙发上又问："你问她了吗？"

矢代也坐在旁边的沙发上，看着绿子。

绿子压低声音说道："我和她聊了很多，她说的是否真话不得而知，我也没确认过。"

阿部点点头："我明白。"

"她是在东京练马出生的，父母现在住在那儿，父亲是公司职员。"

"哦。"

"家里有三个孩子，她最小，哥哥和姐姐都已经结婚了。"

矢代插嘴道："看来她出生在一个普通、幸福的家庭里。"

阿部问："谈到家人的时候，她是什么表情？"

"我讲不清楚，好像并不快乐。也许长时间地和原田的遗体待在一起，受到很大刺激吧。"

矢代问："她在水户住过吗？"

"我也问过了。她说没住过，以前曾经去过一两次。"

矢代疑惑地说道："不对吧，她对原田说是第一次来水户的。"

阿部也感到奇怪："她真是这么说吗？"

"我和原田、敬子一起从上野去水户，她好像对原田说自己是第一次去水户的。"矢代犹豫着，似乎没有太大的把握。

"那就怪了！"阿部忍不住叫出声来。

"这不能匆忙下结论，我只是好像听她说起而已。"矢代急忙补充道。

"我不是这个意思。我是说，如果她以前来过的话，应该对水户到福岛的铁路线是很熟悉的。"

绿子在旁边咕哝道："现在就把敬子看作罪犯不大好吧。"

阿部还是坚持自己的意见："我们和田村都有不在现场的证明，矢代不可能杀害由纪，现在原田也死了，剩下的嫌疑人就是敬子了。"

矢代同样想到了这一点："我也觉得她有点怪，最初我是怀疑田村杀了由纪，现在想想不对了，也许田村的所为只不过表示想和我们在一起。"

阿部迷惑不解："他想和我们在一起？"

"是的。由于我们和田村之间出现了矛盾，他无法像以前那样顺利地加入队伍，况且他的性格比较内向，不能马上和我们重归于好，只能通过不断地现身和我们打招呼。"

"那么说，他在民艺馆的签名不是威胁我们，而是告知他来天童的消息吗？"

"是的，这和在火车站的留言板上留言的道理是一样的。"

阿部问："那以后见到田村，我们要不要主动向他打招呼？"

矢代答："我准备明天就去民艺馆，在签名簿上写下呼应田村的话。现在已经搞清楚了，田村不是罪犯，所以敢写下自己的真实姓名，等待我们的反应。"

阿部笑道："那太好了，现在只有我们三个人知根知底，难免心里会发慌，他一来就可以松口气了。"

绿子高兴地附和："我也赞成！"

5

晚上七点过后，阿部等四人在房间里一起吃晚餐。

矢代的视线自然地落在敬子的身上。

她虽然重新化过妆，疲惫的样子依然依稀可见。

阿部关切地问敬子："接下来你有什么打算？"

敬子好像没食欲，几乎没有动过筷子。

她幽幽地说道："我和原田君的父母联系过了，他们说明天过来。我想和他们商量后再做决定。"

矢代别有深意地问敬子："你认为是谁杀了原田？"

敬子露出惊讶的神态："不是说是田村杀的吗？"

"田村不是罪犯！"

"大家不是一直说他是……"

"我们认为，杀害由纪和原田的罪犯是同一个人。"

"嗯。"

"现在已经查清楚了，在水户火车站目送我们的田村由于水户线的交通事故不可能杀害由纪，也不可能杀害原田。同样道理，阿部夫妇不能杀害由纪。"

敬子问："那你说是谁干的？"

"通过简单的推算，剩下的只有我和你了。"矢代说完，死死地盯着敬子。

敬子的脸色煞白："我为什么要杀害原田呢？"

"我不是说你就是罪犯，但内人和原田绝不是流窜罪犯杀死的，罪犯只能在我们这几个来旅游的人中间。"

"……"

"既然不是流窜罪犯作案，那么只有我和你嫌疑最大，你要证明自己不是罪犯，就得靠事实来说话。"

"矢代君，看来只有你是罪犯，我是绝不会杀人的。"

阿部问："你拿什么来证明呢？"

敬子含着眼泪回答："我没有杀人动机。在这次旅行中第一次认识矢代夫人，我怎么会去杀她呢？"

"你爱原田吗？"

"爱！当然爱！他死后，我更明白爱的道理。对不起，我很累，得先走了。"

敬子站起来，转身回到自己的房间。

阿部问矢代："你觉得怎样？她是罪犯吗？"

矢代阴沉着脸："我不知道。"

阿部想了一会儿，提出了自己的看法："要说犯罪动机，敬子还是有的。从表面上看，她和原田是一见钟情的恋人，其实是爱恨交织的。也许原田不恨她，但她却有恨原田的理由。由此来看，她是想利用这次旅游的机会对原田下手的。出于谨慎，她没有马上杀原田，因为这会引火烧身，所以先杀了和自己没有关系的由纪。等到我们都认为是田村作案后她觉得机会终于来了，到了天童就毫不留情地杀害原田，达到了此行的目的。"

矢代赞道："你这个故事编得真有趣！"

他曾在小说里看到过类似的情节，一个罪犯为了杀死某个人，先杀了别人，以此掩盖杀人的目的。想到这儿，心里猛地一惊：难道敬子也用这样的手段先杀了由纪吗？如果真是这样，由纪实在太可怜了。

阿部又说："如果我的推理正确，她接下来还会杀人。"

绿子惊讶地问道："她不是已经达到目的了吗？"

"是的，虽然达到了目的，但她的魔性是不会改变的，她会暂且罢手，让我们以为她真正想杀的就是原田。一旦我们放松警惕，她就会再次作案，具体的日期就不知道了。"

矢代也惊呆了："怎么会这样？"

阿部有些得意地看着矢代："我说得对吗？"

矢代沉重地叹了一口气："不知道，我明天再去民艺馆看看。"

说着，他回到了自己的房间。

钻在被窝里，矢代转辗反侧地睡不着，各种思绪纷至沓来。

如果采用排除法，敬子无疑就是罪犯。但是问题又来了，这样一个弱女子，真能杀害由纪和原田吗？

第二天早晨，矢代吃过早餐独自去了民艺馆。

外面依旧十分寒冷。

进了民艺馆，矢代翻开那本签名簿，重新看了田村的签名后，在新的页面上写下了这样一段文字：田村，我们住在松竹馆，欢迎过来叙旧。矢代 阿部。

写完后，矢代长长地舒了一口气。

矢代回到旅馆，看见大门口停着一辆警车。

"难道又出事了？"矢代暗暗吃惊，一进门就碰到了脸色苍白的阿部。

矢代急切地问道："发生什么事了？"

阿部声音颤抖着回答："警方发现了田村的尸体。"

第 七 章

1

今天早晨，人们在经常举行人体将棋演示的舞鹤公园发现了田村的尸体。

站在山势颇高的爱宕山山顶，能够一览无余地俯瞰天童城。

随着太阳的升高，山顶的停车场上陆陆续续地驶来了多辆小汽车，既有山形县的车，也有外县的车。

由于寒风凛冽，有的车停下后不开车门，两个年轻恋人在车内拥抱着取暖。

山顶的观光台并不大，游客们一般都站在能看见天童城的一侧，对着春季举行人体将棋演示的场所拍几张照就回去了。

从饭坂来的一家人驾车来到山顶后，在车前拍了纪念照，其中的一个小男孩突然离开父母，朝着反方向的山坡跑了过去。那儿看不到天童城，陡峭的山坡上是茂密的松林，所以没有游客过去。

看见孩子跑了，年轻的父母慌忙追了过去。

孩子马上被追上了，但是这对年轻的父母在俯瞰山坡的时候，突然露出了惊恐的神态。他们看见一个人俯卧在山坡的杂草丛里，眼看就要从陡坡上滚落下去。

"你没事吧？！"这对父母大声呼喊着，没有任何回音。

于是，他们赶紧跑到停车场附近的电话亭打了119救助电话。

救护车很快就赶到现场，两个急救队员使用登山绳索上了陡坡。俯卧者是个年轻的男子，发现时已经死亡，脑后部明显地留着遭受强力打击的伤痕。急救队员立刻打电话向警方报警，那时已是上午八点四十分左右。

刑警们闻讯赶来，随即展开了现场搜查。

那个年轻男子穿着淡茶色的外套，从他口袋里的驾照来看，名叫田村明人。

接着，警方开始寻找送他来这儿的出租车。

由于天童城很小，出租车的数量有限，很快就找到了那辆出租车。

据司机回忆，今天早晨六点左右，那个男子在"天堂"旅馆门口乘上了出租车，由此知道田村是"天堂"旅馆的住宿客人。

刑警们来到"天堂"旅馆调查，发现他是两天前入住的，查看了他住的客房，在桌子上看到了田村留下的纸条，上面用圆珠笔写了"松竹馆"几个字。

刑警们又来到松竹馆调查，这才知道住在这里的阿部夫妇和矢代是田村的旧友。

于是，矢代和阿部夫妇立刻去了运走田村遗体的天童警署。

敬子因为劳累且不认识田村，没有同行。

警署的地下室里躺着田村的遗体。

因为遗体马上要送医院进行司法解剖，只能匆匆地见上一面。

福岛县警署的户田警长也闻讯赶来了。

户田对矢代说："通过司法解剖，案情就更清楚了，田村是被人杀害的。"

矢代问："是因为他的脑后部留有伤痕吗？"

"他是遇害后被人推下山的，所以脸部和手足的伤痕应该是滚落山坡时留下的，而脑后部的伤痕就不同了，显然是被钝器击打所致。"

"你认为是小偷劫财的行径吗？"

"听说死者的钱包里放着三万五千日元，并没有被人偷走。"

"就这点情况吗？"

"据了解，今天早上六点，田村乘出租车去了爱宕山山顶的舞鹤公园，那时天刚亮，只能认为他是和谁去约会了。"

"你还坚持认为罪犯就在我们中间吗？"

2

在原田遇害的时候，天童警署设置了搜查本部。这次遇害的田村是和原田从同一所大学毕业的同学，所以不再设置新的搜查本部，依然由原班人马负责搜查。山形县警署的中村警长担任搜查的负责人，他是一个身材高大、声音洪亮的猛男。

中村对矢代等人说："从杀人的手法来看，杀害原田和田村的是同一个罪犯。"

矢代想起原田是被铁制的烟缸偷袭脑后部死亡，这次田村的脑后部也留有伤痕，杀人的手法非常相似。

中村认真地看着每个人的脸，继续说："我们不得不认为罪犯就在你们中间。请问，还有一个人为什么没来？"

阿部答："她人不舒服，所以留在旅馆里了。"

"就是在旅馆遇害的原田的恋人加藤敬子吗？"

"是的。"

"为什么没来？"

"我刚才已经说了，她人不舒服，恋人刚死不久，这样的反应也很正常。"

中村皱起眉头睨视着阿部："依我看，她的嫌疑最大，是真的不舒服来不了吗？也许是想逃跑吧？"

"这不可能！"矢代忍不住脱口而出。

他知道这种声音并不有力，因为自己也怀疑敬子。

今天早晨七点半，矢代在客房里吃了早餐，然后乘出租车去了民艺馆。如果这期间敬子也离开旅馆去了杀人现场，矢代是完全不知道的。

这时，中村对手下的一个年轻的刑警耳语了几句，那个刑警立刻飞奔出去，多半是去把敬子带到警署吧。

接着，中村问矢代："今天早晨你在干什么？"

矢代没好气地反问道："你在怀疑我吗？"

"我怀疑你们所有人。"

"我有事去了民艺馆。"

"去做什么？"

"去那儿向田村打招呼。"矢代就把去民艺馆给田村留言的事告诉了中村。

中村又问："这么说，你不知道田村住在哪家旅馆喽？"

"是的，如果我知道，就不必特意去民艺馆，直接去他住的旅馆好了。说实在，我当时根本不知道他已经遇害了。"

中村不怀好意地问道："听福岛县警署的户田警长介绍，在尊夫人被害的案件中，今晨遇害的田村和阿部夫妇都有不在现场的证明，只有你和加藤敬子有嫌疑，这怎么解释呢？"

矢代气得脸都歪了："我绝不是罪犯！"

"你是说加藤敬子是罪犯吗？"

"她也不是罪犯。"

"这就怪了，难道罪犯不见了？"

"我也很奇怪，为什么要一口咬定我们？罪犯不会是其他人吗？"

"谁会相信你的说法？尊夫人首先在饭坂温泉遇害，接着原田又在天童被杀，这次轮到田村了，这三个人都是你们大学的同学、合作的伙伴，能想象他们是被流窜的罪犯杀害的吗？"

"我不知道。"

"这不可能。罪犯就在你们中间，你们的眼睛也承认了这一点。"

矢代继续强辩："敬子没有作案动机。"他没有把昨晚和阿部夫妇推理敬子犯罪动机的事告诉中村。

中村若无其事地回答："作案动机嘛，没关系，马上就能找到的。"

不一会儿，刚才飞奔出去的年轻刑警带着敬子回来了。

中村特意带敬子到别的房间问话。

阿部走到矢代边上，小声地问道："她不要紧吧？"

"你说什么？"

"我担心中村警长会欺侮她。"

"如果她是清白的，就不用担心了。"

"你认为她是清白的吗？"

"不知道。"矢代轻轻地回答。

若按照排除法，除了她好像没人是罪犯，但矢代也不敢贸然断定。

这时，敬子脸色苍白地朝矢代他们走来，也许她感冒了，一边走，一边不停地咳嗽。

"完了，他们简直把我当作罪犯了！"敬子沮丧地说道。

"没有那么严重吧？"绿子安慰道。

矢代也佯作笑颜："这不稀奇，他们把我也当作罪犯呢。"

敬子瞪大眼睛，"你也……"

"是啊，据他们调查，阿部夫妇不可能杀害由纪，田村也一样，从时间上推算不可能。剩下的就是我、原田和你了。现在原田遇害了，只有我和你是嫌疑人。"

敬子拨浪鼓似的摇着头："我不是罪犯，从来没有杀过人！"

"我们都知道你不是罪犯，放心吧。"绿子搂着敬子的肩膀好言安慰。

敬子泪眼婆娑："谢谢你的好意，但是警察就是不相信我的话。我想回东京，那个中村警长就是不允许，说现在不能离开天童。"

阿部不满地嘀咕道："难道他们认为还会有人死吗？"

矢代横下一条心："不管他了，我现在就去田村遇害的舞鹤公园看看。"

阿部有些为难："要是警察怪罪了怎么办？"

"我反正被他们怀疑了，干什么都无所谓。现状对我很不利，他们会无休止地怀疑下去，所以我一定要设法找到真正的罪犯。"

阿部问："我们大家一起去吗？"

"不，我一个人出去就行了，你们留在这儿吧。"矢代说着就离开了警署。

就在矢代准备上出租车的时候，敬子也出来了。

"带我一起去吧！"

"为什么？"

"我现在的情况和你一样，也讨厌被警察无休止地怀疑，所以想和你一起去寻找那个罪犯。"

"那好吧。"矢代爽快地答应了。

出租车载着两人快速地驶向位于爱宕山的舞鹤公园。

到了山顶停车场，两人下了车。

山顶的山风很大，非常寒冷。

发现田村尸体的地方围着警戒绳，一个穿着制服的警官站在一旁看守着。

矢代和敬子俯瞰着陡峭的山坡。

敬子颤声说道："他好像是被人从山顶上推下去的。"

矢代问："田村为什么要一大早赶到这儿来呢？"

"当然是来见罪犯，是罪犯约他出来的。"

"难道他就没有一点防备之心？"

"应该没有。因为罪犯是他的老熟人，所以就非常放心地来到这儿。正因为如此，他才毫无防备地背对着罪犯，结果遭到了致命的袭击。"

"罪犯的作案动机是什么呢？"

"这个就不知道了，因为我不认识田村。"

3

矢代一时无法判断敬子说的是真话还是谎话。虽然她说起警方把她当罪犯看待时显得非常沮丧，但矢代始终认为这是有意装出来的假象。也许就在这种假象之下，她还会冷酷地继续杀害下一个牺牲者。

矢代一边思考，一边看着下面的陡坡。突然，他感到敬子绕到了自己的后面，心里猛地一惊：难道她想把我推下山吗？

刹那间，矢代感到后背直冒冷汗，吓得一动也不敢动。

想想真是奇妙，如果敬子现在把自己推下去了，谁是真正的罪犯就清楚了。

"小心，这儿太危险了！"听到敬子这句话，矢代终于松了口气。

回头一看，敬子正惊恐地站在后面。

"你不要紧吧？"敬子小心翼翼地问道。

"我不要紧，你怎么啦？"矢代离开原来的站立处，故作轻松地反问道。

敬子战战兢兢地说道："刚才真把我吓坏了，还以为你要从这儿跳下去呢。"

"别开玩笑了，我怎么会自杀？心里只想尽快找到杀害内人和朋友的罪犯。"

"你真想找到那个罪犯吗？"

矢代笑了笑："如果你刚才要把我推下去的话，我就认定你是罪犯。"

敬子的脸色阴沉下来："原来你站在这儿是故意试探我的？"

"我并不是有意为难你，而是心里急呀，只想尽快找到杀害内人的罪犯。我到现在都不知道罪犯是谁，真是太窝囊了。开始以为田村是罪犯，没想到他也被杀害了。现在警察竟然怀疑我是杀害内人的凶手，心里忍不下去了。"

"你说得也有道理，现在警察同样在怀疑我，心里真不好受，我从没有杀人，怎么会蒙受这样的冤枉呢？"

"根据情况的分析，他们怀疑我们俩还是有理由的。"矢代有些气馁。

"那是你的问题。"敬子目光犀利地看着矢代。

矢代说："因为我不是罪犯，只能怀疑你是凶手。"

敬子反驳道："我没有杀人动机，你倒是有可能的。也许你和夫人关系不好，就利用这次机会杀了她，事后又连续杀了两个知道内情的朋友。"

"这样说来，你的情况不是和我一样吗？你和原田关系不好的话，也能趁机对他下手的。"

"即便如此，我也没有杀害其他人的理由。"

"这谁知道呢，也许你有自己的理由。"

"你是在强词夺理！"

"好了，就算我强词夺理吧，现在的情况真是越来越看不懂，唯一认为有作案动机的田村也不幸死了。"矢代忍不住叹息道。

"田村君会不会是自杀？"敬子提出了新的看法。

"自杀？"

"是的。虽然我不认识他，但听说他非常恨尊夫人和原田君，难道不是吗？"

"田村不仅恨他们两人，还恨我们所有人。因为他觉得困难的时候没人帮助，我们对他太冷漠了。"

"这很好理解，他在一怒之下先杀了尊夫人和原田君，我说得没错吧？"

"也许吧，这和他自杀有什么关系？"

"田村君杀了两人之后，内心一定受到强烈的自责，况且警察也一直在追踪他，在走投无路的情况下，干脆自杀了断了。"

"那他脑后部的伤痕怎么解释？"

"你没看到山坡上竖着'小心落石'的木牌吗？这儿山岩嶙峋，他跳崖时头部碰到岩石也很正常。"

"这是真的吗？"矢代自问似的低语道。

"天太冷了！"敬子打个寒战，猛然缩起瘦削的肩膀。

4

矢代和敬子乘着出租车回到城内，没有马上进旅馆，而是走进了一家具有当地色彩的茶馆。

只有两个人，说话就可方便一些。现在警方把怀疑的目光对准他俩，所以矢代把敬子引到茶馆说话，多少带有"同病相怜"的意味。当然，矢代还有另一层用意：如果敬子真是罪犯，也可借机套出她的作案动机。

两人在店堂最里面的一张桌子旁坐了下来。

矢代喝着咖啡，率先开口："我一直在想你刚才说的话。"

"就是我说田村是自杀的推论？"

"是的，所以我再想问问你的根据是什么。"

"我也没有太多的想法。事情是明摆着的，由于铁路上发生了交通事故，阿部夫妇不能及时赶到福岛杀害尊夫人，我们四人中除了由纪和原田，就是你我两人了。如果我没杀人，你没作案，剩下的嫌疑人就只有田村了。"

"田村和阿部夫妇一样，也因交通事故无法很快赶到，根本杀不了由纪。"

敬子拿着咖啡杯沉吟了半晌，摇摇头："阿部夫妇和田村的条件不同。"

"你说什么？"

"阿部夫妇在水户火车站的月台上目送我们，这是大家都知道的。所以他们完全有不在现场的证明，而田村则不同，除了死去的尊夫人，没人看见他在水户火车站目送我们。"

"你的意思是我妻子看错人了？"

"对。"

"好像原田也是这样想的。"

“如果你我都不是罪犯，怀疑田村就很正常了。”

“你是说，田村是在警察追查之下自杀的？”

“只要看他在民艺馆的签名就明白了。”

“是吗？”

“你想想，他在民艺馆的签名簿上留下自己的亲笔签名，有什么用意吗？”

“我觉得他是在向我们挑战。”

“挑战？”

“对，他通过签名向我们发出了‘我来了，就是要杀光你们’的明确信号。”

“唔，你也可以这样想。”

“难道你的想法和我不一样？”

“我已经多次说过，我不认识田村。不光是他，我在这次旅行之前除了原田谁都不认识，所以看问题也许比较客观。田村在民艺馆的签名的确值得注意，但我觉得他没有向你们挑战，而是像发出‘赶快来找我’的求救信号。”

矢代听了颇感新鲜：“你的说法倒别具一格，他真的想叫我们去找他吗？”

敬子没有回答，反而好奇地问道：“你们对他很冷淡，是指什么事情？”

“田村的事业失败了，曾打电话向我们借钱。”

“你们没有帮他吗？”

“是啊，当时由于各种原因都没有帮他。”

“所以他就恨你们，要把你们都杀光吗？”

“不知道田村当时陷于多大的困境，他要杀光我们，就说明对我们的仇恨已超出了想象。”

“是啊，有时因为不注意的小事，结果酿成了伤及人命的大祸。"

矢代趁机转了话题："我也很想知道你的事。"

"为什么？"

"也没有特别的理由，只是一起到这儿旅游，难免有些好奇心。"

敬子淡淡一笑："我没什么好说的，只是一个普通的女人。"

5

矢代点起一支烟，看着敬子，"你和原田是怎么认识的，纯粹是谈恋爱吗？"

敬子淡淡地回答："我们是偶然认识的。"

"那你为什么这次想和他一起旅游呢？"

"你能给支烟吗？"敬子没有答话，意外地提出新的要求。

矢代递上一支烟，又问："你打算做婚前旅行吗？"

"我没有这个意识，只是喜欢旅行，喜欢泡温泉而已。"

"你第一次去水户？"

"小时候去过，但没有印象，都忘了。"

"父母还健在吗？"

"请等一下！"敬子突然变了脸色。

"怎么啦？"

"你还是怀疑我呀，问的方法和警察一模一样。"

矢代慌忙掩饰道："哪有这样的事？我只是出于好奇。"

敬子不满地回答："我对你们其他人的事没有兴趣，也不想知道。现在原田已死，我满脑子都是对他的回忆，就想在这儿待几天，然后和你们平静地告别。"

矢代理解敬子的心情，但不知道她说的是否都是真话。于是转个话题问道："你在学生时代喜欢什么运动？"

"偶尔打打网球。"说到这儿，敬子苦涩地笑道，"虽然不参加其他运动，但用铁制的烟缸砸人头部、把人推下悬崖的事还是能行的。"

"你不要胡思乱想，我没有别的意思，我在大学时代也参加过许多运动。"

"要我不这么想也可以。说实在的，尊夫人遇害了，你怀疑我的心情能理解，但老是这样问就受不了了。我和尊夫人是初次见面，和你们也一样，没什么恩仇。"

敬子把吸了半截的香烟扔进烟缸，一口气喝光了杯子里的咖啡。

矢代心里还是不踏实，她的话可信吗？好像不是在撒谎，但表面的现象不一定可靠。

两人回到旅馆，阿部把矢代拉到大堂的一角，轻轻地问道："问出什么没有？"

矢代朝大堂旁边的商场看了一眼，发现敬子正在和绿子热络地说话。

"她说了自己的意见，认为田村有可能是自杀的。"

"你们在现场找到了田村自杀的证据？"

"没有。只不过认为田村自杀符合情理。"

"不是说他先后杀了由纪和原田吗？"

"是的，因为他恨我们，一路跟踪而来，先后杀了由纪和原田。也许杀了以前的旧友使他精神受到很大的刺激，也许害怕警方的不断追寻，最后终于走上了自杀的绝路。"

"这样说好像也有点道理，但是问题又来了，田村不是早上六点离开旅馆，直接去了舞鹤公园吗？他这么早特意赶去山顶自杀太不可思议了。"

"谁都有一时冲动的时候。再说他一开始也许并不想自杀，因想到某件事而去了山顶。可能他在思考过程中突然害怕了，一冲动就跳了悬崖。"

"是吗？敬子就是这样想的？"

"如果以后再没出事，我也觉得她的意见还是很有道理的。"

阿部担心地问道："警方能接受你们这种意见吗？"

矢代很坦然："我不知道，除了田村，实在想不出谁是罪犯了。"

阿部悻悻地朝敬子投去一瞥，进一步追问："你认为她是清白的？"

"我不知道，不过她的意见还是有合理的成分。田村杀了由纪、原田后再自杀的思路是合乎逻辑的。"矢代无奈地说道。

第 八 章

1

东京警视厅的十津川接到了山形县警署中村警长打来的电话。

"请务必鼎力帮助！"电话里传来中村急切的声音。

"你说的就是那个连续杀人案吗？"十津川谨慎地确认道。

"是的。我和福岛的户田警长也商谈过了，都感到破这个案子有点棘手。"

"听说那个田村也遇害了？"

"是的。"

"按常理说，罪犯应该就在剩下的朋友之中。"

"我也是这样想的，三个互相熟悉的男女遇害，很可能是同一个罪犯所为。"

"有道理。"

"在剩下的朋友中，我认为只有矢代和加藤敬子有犯罪嫌疑，因为阿部夫妇在那天无法及时赶到福岛杀害第一个被害人由纪。

"你们还没逮捕矢代和加藤敬子吗？"

"因为没掌握证据，而且也不知道他们的作案动机。"

"动机？"

"我原先设想矢代和他的妻子由纪关系不好，矢代就在饭坂温泉趁机杀了她。为了不让警方怀疑到自己，他又杀了原田，造成罪犯要杀害全体成员的假象。矢代的作案动机应该如此。"

"这不是很有说服力吗？"

"但我不知道矢代和妻子的关系是否真的很差。"

"好吧，这方面由我来调查。"

"那就拜托了。棘手的是加藤敬子，她的作案动机更不明确，她是原田的恋人，据说和其他人都是第一次相识，你能否也调查一下？"

"好的，这个也交给我吧。"十津川一口答应之后又问，"这些人现在的状况怎样？"

"矢代想停止休假，立即返回东京，加藤敬子也一样。阿部夫妇在水户开着店，同样急着想回去。"

"他们不都是案件的重要证人吗？"

"这个我知道，可是都留下来也不是办法，该问的都问了，没有找到有价值的线索。根据排除法，只有矢代和加藤敬子有犯罪嫌疑。"

"那你让这些人都回去吗？"

"矢代说他今天必须回东京去为妻子筹办丧事，我也没有理由拦住他。"

十津川改口问道:"田村会不会是自杀的?你是怎么想的?"

"我是听到这种说法。说田村杀了由纪和原田之后心里很自责,就自杀了。"

"你不同意这种说法吗?"

"从外伤的状态来看,田村明显是他杀,不像是自杀或者事故死亡。"

"这么说,杀害田村的罪犯仍然在剩下的四人之中啰?"

"我刚才已经说了,根据排除法,罪犯就在矢代和加藤敬子之中。如果现在知道作案动机,我真想立刻逮捕罪犯。"中村遗憾地叹道。

晚上六点,中村再次给十津川打来电话:"我们决定同意他们回去,那四个人已经分别离开了天童。"

"是吗?"

"若有可能,请监视回到东京的矢代和加藤敬子。"

"明白,我们负责监视。"

中村最后说了一句:"我和福岛县警署的户田警长准备明天一起来东京,想和你商量下一步的破案工作。"

2

十津川把中村打来电话的事告诉了龟井。

龟井讪笑道:"看来案件的舞台已经搬到东京来了。"

"听你的口气第四个牺牲者要出现在东京啰?"

"也许吧,如果他们今天回东京,应该乘东北新干线的'鸟翼号'特快列车。那儿有十九点零三分从天童发车的'鸟翼16号',到达福岛的时间是二十点四十四分,所以在晚上十一点之前就能回到上野了。”

十津川赞叹道：“你对列车时刻很熟悉嘛。”

龟井红着脸：“哪儿的话，我不过临时看了一下而已。”

十津川点起一支烟：“我想听听龟井君对这起案子的意见。”

“你想知道谁是罪犯吗？”

“是的，龟井君也认为是矢代或者加藤敬子杀了那三个人吧？”

“确实如此。从现实角度考虑，田村和阿部夫妇都不可能及时赶到福岛，没有杀害由纪的可能，后来原田也死了，犯罪嫌疑人就在矢代和加藤敬子之中。正如中村警长所言，现在的问题是他们的犯罪动机不清楚。”

十津川随手看了一眼手表，时针正指向晚上七点。

他暗忖：矢代他们应该还在天童吧？按照龟井的说法，乘坐十九点零三分从天童发车的特快列车“鸟翼16号”是回东京最快的方法。

于是，十津川决定先去位于东中野的矢代住所看看。

矢代居住的公寓是一栋七层楼的白色建筑，他住在五楼转角的公寓房里。

他俩先向公寓管理员和五楼的邻居了解矢代夫妇的情况，他们异口同声地反映夫妻俩的关系很好。

“像他们那样关系好的夫妇真是少见！”公寓管理员笑着说道。

这个中年管理员还不知道由纪遇害的事，当十津川告知案情后，他的脸色顿时吓白了，一个劲地说：“太可怕了，矢代君一定会很悲痛的。”

随后，他又长叹一声：“人生真是太艰难了！”

龟井问：“你这话是什么意思？”

管理员眨巴着眼睛：“这么好的夫人死了，其他方面再努力又有什么用？"

　　龟井又问："矢代夫妇都工作吗？"

　　管理员答："不是，矢代先生是银行职员，他的夫人待在家里不工作。"

　　"休息天他们夫妇是怎么过的？"

　　"他们经常一起出去，像恋人一样亲密地手牵着手，让人好生羡慕。"

　　五楼邻居说的也和管理员基本一致，盛赞他们是一对模范夫妻。

　　接着，他俩去了位于练马区石神井的加藤敬子的住所。

　　敬子的家就在石神井公园附近，房子很大，敬子和父母在这儿一起生活。

　　敬子的父亲是一家有名的电气厂商的销售部次长，此时还没有回家。她的母亲良子在家接待了十津川和龟井，谈起了有关女儿的各种事情。

　　良子说："敬子是我最小的女儿，对她是有点溺爱，但她脾气一直都很好。"

　　十津川问："你和原田见过几次面吧？"

　　"是的，是敬子带他来我家的。这个人性格开朗，人也不错。听敬子说他突然死了，着实吓了一跳。"

　　"当时你就同意把女儿嫁给他？"

　　"是啊，我女儿也有这样的意思。"

　　"你们在水户住过吗？"

　　良子听了非常惊讶："从来没有，你怎么会提出这样的问题？"

　　十津川含糊其词地搪塞道："我听到这样的传闻。"

　　"没有的事，我和先生一直住在东京。"

　　十津川又问："敬子今天回来吗？"

"回来的。可能会晚一些到东京，刚才已经打来电话了。"

"顺便问一下，原田死后，你见过他的家人吗？"

"见过了。他的父母特意来见我，谈起了各种往事，感叹他们不去参加这次旅行就好了。"

"我还想提个问题，敬子和原田的关系好吗？最近有没有发生异常？"

"没有异常，一切都很好。敬子非常乐于参加这次旅行，出发的那天，原田还特意上门迎接呢。"

"敬子有哥哥、姐姐吗？"

"有的。"

"他们有谁住在水户吗？"

"没有。长子威夫因工作关系住在大阪，长女今日子住在横滨。"

"结婚了吗？"

"是的，都已结婚，我已经有两个孙子了。"良子幸福地笑道。

过了半个小时，敬子的父亲加藤回来了。他已上了年纪，再过三年就要退休，虽然看似平凡，却颇有气质，具有中产家庭主人的风度。

加藤换了和服来到客厅，对十津川说道："听到原田君的事后，我真的大吃一惊。"

龟井插嘴发问："你想过没有，原田为什么会在旅行中遇害呢？"

加藤摇了摇头："我完全没想到会发生这样的事，他是多好的青年呢。"

十津川问："在他们结婚的问题上有什么障碍吗？"

"完全没有障碍。原田的父母也对敬子很满意，还说结婚后先让小夫妻工作一段时间，为今后的幸福生活打下基础。"

十津川再问："敬子是怎样的性格？"

加藤听了不由得和良子面面相觑。

良子不满地说："刚才我已经说了，她的脾气很好，但有鲜明的性格。"

加藤急忙附和："对对对！她的性格很鲜明。"

十津川话锋一转："如果原田嫌弃她了，敬子会有什么反应？"

"嫌弃她？什么意思？"

"这纯粹是假设。到了那个时候，敬子还会爱他吗？"

加藤摇摇头："绝对不会，我女儿不是那种人，一定会很干脆地和他分手的。"

十津川觉得敬子父母的说法是真实的，敬子显然是个性格鲜明的姑娘，一旦发觉原田嫌弃她，一定会做出强烈的反应，分手了断也是意料中的事。转念一想，又觉得未必如此。如果只是无法接受原田嫌弃的态度，她可能爽快地提出分手，如果心里很纠集，一方面恨原田，另一方面又爱着他，在某种情况下就会由爱生恨，不惜痛下杀手。

将近晚上九点左右，敬子给家里打来了电话，说现在已乘上了东北新干线的特快列车。十津川和龟井借机和敬子父母告别，走了出来。

"看来他们都是好人。"归途中，龟井不由得感叹道。

十津川平静地回答："他们都是普通人，不管是矢代夫妇、加藤敬子还是原田，同样都是普通人。"

龟井又说："我觉得矢代和加藤敬子都不像是罪犯，刚才通过对他们的邻居和父母的调查，更能证明这一点，至少他们没有犯罪的动机。"

十津川笑道："我可不会像你那么想。"

"那为什么？"

"世上普通人犯下的杀人案例比比皆是。有时候看起来没有杀人动机，却照样发生了杀人惨案。"

这时，十津川心里猛地一动：加藤敬子和矢代今晚就将回到东京，阿部夫妇想必也回到水户去了。尽管不知道犯罪动机，谁能保证不发生新的杀人事件呢？

"必须严加防备！"他暗暗地下定了决心。

3

回到东京后过了几天，矢代接到了敬子打来的电话。

敬子说："我想在这个星期天和你见面。"

矢代有些犹豫："这个星期天吗？"

敬子的态度很坚决："我有话一定要对你说。"

"是和案件有关的吗？"

"我也不知道。"

"那你到底要说什么？"

"我想说的是一个女人的直觉。"

"我听不懂这句话，你能说得更明白一些吗？"

"老实说，我自己也不太清楚，只想对你说说。"

"那你不能在电话里直接对我说吗？或者我去你家里也行。"

"还是等到星期天再说吧，我想先去调查一下。"

"你想调查什么？我也可以协助你呀。"

"你们男人不会懂的，我自己去调查吧。查明白后，我到星期天再告诉你。"

"你知道罪犯是谁了吗？"

"还不知道。"

"那你去调查什么呢？"

"我也说不清楚，反正到星期天再说吧。"

"你越说我越糊涂了。"

"不要急，到星期天就告诉你。"

"星期六见面不行吗？"

"还是星期天吧，地点定在新宿西口的一家叫'艳照'的茶馆，你知道吗？"

"那家茶馆应该在大楼的二楼吧，我知道。"

"那我们星期天下午一点在那儿碰头。"敬子说着挂了电话。

矢代不清楚敬子要说什么，只知道她说的可能和案情有关。挂了电话后，矢代的心情久久难以平静，一个人呆呆地思考着。后天就是星期天，敬子要对自己说些什么呢？她说不知道罪犯是谁，这话也对。如果真的知道了，她未必在第一时间告知，一定会直接向警方举报的。她说是女人的直觉。矢代承认女人的直觉优于男人，但她的直觉是什么还是不得要领。

尽管明天就是星期六，矢代还是心神不宁，只想尽快知道敬子要说的内容。

星期天终于到了，矢代直接去了位于新宿西口的那家"艳照"茶馆。

由于早到了二十分钟，矢代只得一边喝着咖啡，一边耐心地等待敬子的出现。

下午一点，茶馆的门开了，走进两个男子。他们环视着四周，很快就碰到了矢代疑惑的目光，便直接走了过来。

"你是矢代君吗？"一个年轻的男子问道。

说他年轻，也已经有四十岁的年纪。

"我就是。"矢代有些忐忑不安。

两个男子在茶桌的对面坐下来，年轻的男子先自我介绍："我是警视厅搜查一课的十津川。"接着又介绍了他旁边的助手龟井。

矢代默不作声地看着他们。

十津川向服务员要了咖啡后，对矢代从容地说道："虽然初次见面，对你的情况已有所了解，现在正受当地警署的委托调查那起杀人案。"

"是吗？"矢代敷衍地回应道。

他看了看手表，已经过去十分钟了，敬子还是没有现身。

十津川问："你在这儿等加藤敬子吗？"

矢代猛地一惊："她出什么事了？"

"不清楚，她昨天突然失踪了。"

"昨天突然失踪了？"

"是的，你有什么线索吗？"

矢代随即把敬子前天给他打电话的事告诉了十津川。

4

矢代说："我估计她昨天去了什么地方，对自己的直觉进行查证。"

十津川答："她外出是事实。据她母亲说，昨天将近中午的时候，她说了声'我出去一下'就离开了。但到了夜晚依然没有回家，她的父母想起福岛和天童发生的案子就非常担心，赶紧向我们报了警。"

矢代还是迷惑不解："那你们怎么会来这儿呢？"

十津川笑了笑："我们检查了她的闺房，看到她在日历上特别标示了今天的日期，还注明'下午一点去新宿'艳照'茶馆'，所以就来了。你真的不知道她去哪儿了吗？"

"是的，让我问问住在水户的阿部夫妇吧。"

矢代当着他们的面，拿起靠近收银台的电话和水户的阿部通了话："敬子是否来你这儿了？"

阿部惊讶地反问："她怎么会来我这儿呢？"

矢代解释道："她昨天突然失踪了，所以问问你有没有她的线索。"

"噢，她没来这儿，要是来的话，我会先稳住她再和你联系的。"

矢代打完电话，回到座位上。

十津川确认似的问道："她约你到这儿来，是有关于案情的事要对你说吗？"

"是的。我问她是否知道了罪犯的名字，她说不是。只说要告诉我她的直觉。"

"直觉？"十津川听了面露难色，他也不知道这是什么意思。

龟井若有所悟："她会不会去了福岛？"

十津川问："是去发生案件的地方吗？"

龟井点点头："她一定凭着女人的直觉发现了案情中的可疑之处，为了找到真相，有可能再去发生案件的福岛饭坂温泉和天童温泉。"

矢代忍不住问道："既然如此，她为什么不事先对父母和我说清楚呢？"

"我去问问当地的警署。"龟井起身去打电话。

为了稳定自己的情绪，矢代点起了一支烟。

十津川问："她为什么要对你说直觉呢？"

"我也不知道，也许是同病相怜吧。"

"难道是你的妻子和她的恋人都遇害的缘故吗？"

"也许吧。除了这个原因，我俩还被当地警方视为嫌疑人。因为那天发生了铁路交通事故，阿部夫妇不可能及时赶到福岛杀害内人，具有作案动机的田村也遇害了，只剩下我和加藤敬子无法解脱犯罪嫌疑。"

"哦，是这样啊。"十津川颔首表示理解。

这时，龟井打完电话返回来说道："我和两地的警署都打了电话，一旦找到她，会立刻通知我们。"

十津川问矢代："她对你说的话还有遗漏的吗？"

"已经把知道的全部告诉你们了，我自己也不清楚她要说什么，本想来这儿听她好好说说的。"

5

矢代和十津川等人告别后，回到了自己的住所。

他的心里还是七上八下：敬子现在会去哪儿了呢？

他再度打电话到水户的阿部家里。

这次接电话的是绿子，她说："阿部已告诉我敬子的事了，真为她担心呢。"

"你们接到过她的电话吗？"

"没有呀。"

"阿部在家吗？"

"他有事刚走。"

"出去了？"

"是的，你找他有事吗？"

"没什么事，如果敬子来你们那儿，请立即通知我。"

矢代又给敬子的家里打了电话，她的母亲说敬子还没回来。

最后，他给警视厅的搜查一课打了电话，十津川说："很遗憾，她没有在福岛和天童现身。"

矢代越发感到不安："难道她也遇害了？"

十津川十分关切："你有什么线索吗？"

"我没有，只是上次旅行中已有三人死了，我很为她担心。"

"你是在这次旅行中和她初次见面的吗？"

"是的。"

"若是这样的话，她没有杀害尊夫人的理由，反过来说也没有被杀的根据。"

"那她为什么昨天突然失踪呢？"

"我理解你的心情，我们正在全力以赴地寻找。"

打完电话一无所获，矢代待在家里心急如焚。

日落西山，夜幕降临，敬子依然没有回家。

第二天清晨，急遽的电话铃声把矢代惊醒了。他急忙拿起电话，里面传来了十津川的声音："她还没给你打来电话？"

"没有，其他地方的情况怎样了？"

"没有回家，也没有打来电话，福岛和天童都不见她的人影。"

"已经过去两天了，你们警察是怎样想的？"

"老实说，我们不清楚，因为你接到过她的电话，你也没弄明白。"

"请你们务必再仔细找找！"

又一天过去了。敬子还是没有找到。

矢代更担心了：难道她真的遇害了吗？敬子虽然说不知道罪犯的名字，但她似乎找到了什么直觉。罪犯会不会也察觉到了，干脆杀她封口呢？

罪犯会是阿部夫妇吗？但他们不可能杀害由纪呀！

矢代真的糊涂了，如果敬子遇害的话，罪犯就完全消失了。

又过去了两天，敬子还是下落不明。

就在那天下午两点左右，一些小孩在北迁住附近的荒川水渠堤坝上玩耍，偶然发现一具年轻的女尸浮出水面，赶紧打了110报警电话。

当地警署的警车迅速赶到现场，刑警们从水里捞起了那具女尸。

死者死了相当长的时间，身上没有任何证明身份的物件。一名警官想起两天前警视厅发出的协查加藤敬子的通告，立刻打电话和警视厅搜查一课联系。

十津川和龟井冒着凛冽的寒风来到荒川水渠的堤坝上，加藤敬子的母亲也乘着出租车随后赶来。

当他们掀开盖在尸体上的毛毯时，敬子母亲的脸色霎时大变，忍不住发出了悲痛的呜咽声。

没错，这具女尸就是失踪多日的加藤敬子。

第 九 章

1

十津川受到了很大的打击。

他调查了加藤敬子和其他六个人的关系，曾认为敬子被杀的可能性很小，即使罪犯要下手，也应该是阿部夫妇和矢代三人中的一个，但是这个推测在事实面前彻底站不住脚，罪犯不知为何偏偏盯上了加藤敬子。

根据矢代提供的信息，敬子曾打电话说要告知自己的直觉。如果是事实，也许她是为了这个原因而遇害的吧？

加藤敬子的遗体被送往大学医院进行司法解剖，主要死因是脑后部遭受强力打击造成脑组织的破坏，死亡推定时间是星期六晚上九点到十二点之间。由于尸体长时间地浸在水中，很难推定确切的死亡时间，只能提出一个宽泛的时间段。

龟井对十津川说："罪犯的杀人手法十分相似。"

确实，这种强力打击脑后部的手法和前面几个案子如出一辙。

十津川大口地抽着烟，重重地点了点头："看来罪犯是同一个人！"

他们又把矢代叫来问话。

首先，十津川向他告知了司法解剖的结果。

矢代似乎并不感到意外："她果然是在星期六晚上遇害的吗？"

"她的家人说敬子是星期六中午出去的，但她当天晚上就遇害了，所以想再次了解她给你打电话时说的话。"

矢代面露疑惑的表情："我想了很多，到现在也不清楚她究竟要对我说什么。"

"你上次说她反复地提出'直觉'这个词？"

"是的，这个词至今还留在耳中，真不知道她凭着女人的直觉发现了什么。"

"你想过她会去哪儿吗？"

"我估计是两个去处，一个是阿部夫妇住的水户，另一个是内人和原田遇害的东北地区。"

"她最有可能去哪个地方？"

"我不知道，只知道她没有去水户。"

"是阿部夫妇告诉你的？"

"我给阿部家里打过两个电话，前一个电话是阿部接的，后一个电话是他妻子绿子接的，因为阿部已经出去了。"

"阿部什么时候出去的？"

"星期天的傍晚。"

"去哪儿了？"

矢代皱起眉头，不满地反问道："警长先生，你在怀疑阿部吗？"

"说实在的，我对剩下的人都怀疑，也包括你。"

"你认为三人中谁最可能杀害敬子呢？"

十津川没有直接回答，反问道："你还有其他想法吗？"

矢代沉默不语，露出忧郁的眼神。

"我估计罪犯感到敬子已经发现了其中的破绽，所以就把她杀了。"

听十津川这么一说，矢代急忙摇着头："敬子究竟发现了什么我实在不知道，想了很久也理不出头绪。"

龟井颇有意味地问矢代："在这几起案件中，有没有当时看走眼的地方？如果敬子后来有所察觉，你应该也会注意到的。"

2

矢代的脸红了："我刚才已经说了，想了好长时间也没有想明白。"

十津川问："你能谈谈阿部的情况吗？"

矢代疲乏地看着他："你还在怀疑阿部？"

"是的。如果你不是罪犯，阿部夫妇就脱不了干系。"

"从时间上考虑，他们夫妇无法及时赶到福岛来杀害内人。况且你们都认为这三起案子是同一个罪犯所为，所以原田、田村和敬子也不可能是他们杀害的。"

十津川不置可否："我们的推论和怀疑阿部并不矛盾。他是个怎样的人？"

"是个好坏参半的成年人。"

"此话怎讲？"龟井目光锐利地看着矢代。

"大学时代，我们六个同学共同创办了一份同人杂志，阿部是杂志的负责人。因为他最年长，经验比较丰富。"

"办刊期间他做过什么错事吧？"

"嗯，他挪用过办刊的经费，所以闹得很不愉快，现在已经消除隔阂了。"

"听说他曾追求过尊夫人，你是怎么想的？"

"我是结婚后才知道此事的，后来也解决了，因为他和绿子结了婚。"

龟井表示怀疑："果真如此吗？"

"你这话是什么意思？"

"妒忌往往会延续很长时间的。"

"照这么说，他杀害我和由纪就行了，何必再去杀害原田、田村和敬子呢？"矢代怒气冲冲地斥问龟井。

龟井依然固执己见，"我认为加藤敬子一定发现了什么破绽才被他杀害的。"

矢代怒气未消："那你说说原田和田村是怎么死的。"

"你不是说他在大学时代挪用过办刊的经费吗？"

"是的。"

"能不能说得详细一点？"

"当时，我们办的同人杂志缺少经费，那些事业成功的前辈就捐钱资助我们，阿部私下挪用了这部分捐款。"

"你们其他五人不生气吗？"

"当然生气。不过那是大学时代发生的事，时间太久远了。"

"你不是还记得很清楚吗？"

"当然记得。我没想到他就有这样的劣根性，觉得他做了坏事。"

"大家都责备过他吗？"

"都骂过他，因为没有钱我们杂志就办不下去了。"

"这就对了，即使责备的一方认为事情已经过去了，受责备的人是绝不会忘记的，况且还有尊夫人的因素。"

"可他们当时是无法及时赶到福岛杀由纪的。"

十津川摇摇头："只要肯动脑筋，也许是有办法的。"

"什么办法？难道能乘车从水户飞到福岛吗？"

"这个我就不知道了。反正你不是罪犯的话，他们夫妇就有犯罪的嫌疑。"

"我不相信！"

"我能理解你的心情。"

矢代离开后，十津川问龟井："我们去一趟水户好吗？"

3

第二天，十津川和龟井乘上了上午十一点由上野火车站发车的 L 特快列车"常陆 17 号"，预计不到一个半小时就能到达水户。

十二点十七分，列车准时到达。十津川和龟井在火车站前面的小餐馆匆匆吃了午饭，直接去了阿部夫妇经营的"阿卡普尔科"茶馆。

此时，茶馆正开门营业，绿子站在柜台里。

"我们想找你的先生谈谈。"十津川不动声色地说道。

"他现在不在店里。"绿子有气无力地回答。

"去哪儿了？"

"突然出去旅行了。"

"到什么地方旅行？"

"不知道。他给我留了一封信，只说要出去旅行一周。"

"能让我们看看那封信吗？"

绿子进屋拿出一封信递给他们。

十津川展开信笺一看，上面只留下寥寥数语：因为要思考很多事情，所以出去旅行一周。我没问题，请放心。

绿子补充道："昨天傍晚，我购物回来发现 了他给我留下的这封信。"

"你真不知道他去哪儿吗？"十津川确认道。

"是的，我给亲戚、朋友都打了电话，都说他没来过。"绿子显得很焦虑。

"他过去有过这样的情况吗？"

"偶尔也有。他是个性格内向的人，一碰到烦心事，就会一人出去散心。"

这时候，柜台上的电话突然响起了铃声，绿子顺手拿起了电话。

突然，她的嗓音提高了八度："是你吗？现在在哪儿？"

"请等一下！"十津川不由分说地从绿子手里夺过电话，大声问道，"是阿部吗？"

"你是谁？"电话里传来一个男人的声音。

"我是警察，为了最近发生的案件特意来找你们夫妇了解情况。"

"我老婆什么都不知道。"

"那只有你知道了？"

"……"对方沉默不语。

"阿部，我急着要和你见面，你什么时候回来？"

"打算最近回来，因为有些事要思考一下，不能马上赶到。"

"你在思考什么？是关于案件的事吗？"

"……"

"被害人是你杀的吗？"

"……"

"如果我说得不对，请告诉你的理由。把知道的情况告诉我。"

尽管十津川反复提问，对方还是一声不吭地挂了电话。

十津川放下电话，对绿子说："你先生把电话挂了。"

绿子回答："我相信我的先生。"

十津川说："我们现在并不想追究你先生做了什么，只是请他告知案件中知道的事情。"

绿子困惑地回答："很遗憾，我什么都不知道，只是受到了惊吓。"

"你先生就案件的事说过什么吗？"

"我先生也感到很奇怪，说不知是谁这样丧心病狂。"

"听说你们六人在大学时代办过同人杂志，对吗？"

"是的。办过一份名叫《东海沙丘》的杂志。"

"听说那时阿部和其他同人还发生过矛盾，有这事？"

"发生过，那是很久以前的事了。"

"他到现在还为这事耿耿于怀吗？"

"完全没有那回事。"绿子怒声回答。

龟井问："既然如此，阿部为什么突然出去旅行呢？"

"我不知道！"

"你真的没有他去哪儿的线索吗？"

"要是知道的话，我立刻就去找他了。"

4

那一天，十津川和龟井临时住在水户市内的宾馆里。

进入客房后，十津川再次看了向绿子借来的阿部留下的短信，一个念头蓦然出现在头脑里：他究竟想对妻子传递怎样的信息？

阿部说要思考很多事情，他在思考什么呢？一定和最近发生的一系列案件有关。当然，他们夫妇之间也许有问题，若是这样的话，完全可以说"我不知道"，或者"和案件无关"，他们为什么不明确表态呢？

十津川把阿部的短信递给龟井："你对这封信是怎么想的？"

龟井反复看了两三遍，鼓起勇气说道："阿部说'要思考很多事情'，说明他就是罪犯！"

"按你的想法，因为他是罪犯，所以就逃跑了，对吗？"

"是的，他发觉警察的手已经伸到身边来了，除了逃跑别无办法。"

"一逃跑不就更加深了警方的怀疑吗？他应该明白这一点的。"

龟井点点头："确实如此。我也想过这个问题，阿部知道自己已经受到警方的怀疑，但不清楚警方的态度，就玩个暂时失踪的把戏来试探我们。如果警方依然拼命地追查，就知道回来很危险；如果几乎没有反应，就会放心地回家。"

十津川想了一下，说道："你的话也有道理。阿部夫妇在由纪被杀案中有过硬的不在现场的证明，即使阿部是罪犯，只要不在现场的证明依然成立，他还是很安心的。他知道这一点，绝不会贸然逃跑。"

"你说的是'不在现场的证明'？"龟井似乎欲言而止。

"是啊。"十津川肯定地回答。

龟井沉吟了半晌："我总觉得这个'不在现场的证明'是有

问题的。想想看，在六人加一人的旅行团队里，已经有四人遇害了，罪犯一定就在剩下的三人之中。如果认定阿部夫妇有'不在现场的证明'，矢代不是自打耳光吗？"

十津川点起一支烟来："我也有同感，不可能是外人连续杀了团内的四个人。"

他的头脑里已形成了牢固的概念：罪犯就在六人之中，连续的杀人案是同一个罪犯所为。

转念一想，他又提出了新的疑问："如果认定矢代是罪犯，也有不可思议的地方。因为他承认阿部夫妇有'不在现场的证明'，这样就造成了一个怪圈，他明知道田村和敬子遇害后，只剩下他和阿部夫妇，为什么还要坚持排除他们呢？岂不是把自己完全置于罪犯的地位吗？这也许是他自己也没想到的吧。"

龟井问："照你这么说，矢代不可能去杀害田村和敬子，对吗？"

十津川肯定地回答："确实如此。如果田村没有遇害，警察和他的旧友都会认为罪犯就是他，因为他有作案的动机。但是罪犯杀了田村，怀疑的焦点就集中在矢代和敬子的身上，以为二者必居其一。现在敬子也遇害了，事情就发生了变化，如果矢代真是罪犯，为什么要干这种引火烧身的蠢事呢？这完全违反正常人的思维逻辑，同时也动摇了我们原先的推理思路。"

"有道理！"龟井十分佩服十津川的缜密分析。

十津川继续说下去："所以我开始怀疑阿部夫妇，虽然他们有不在现场的证明，但和矢代相比更为可疑。如果他们是罪犯，杀害田村和敬子的动机就很清楚了，就是要警方加深对矢代的怀疑。"

龟井不住地点着头："这样说也说得通。"

十津川又点起一支烟："他们心机再深也有失算的时候，戏演过了就会带来演砸的风险。就在他们自以为得意的时候，有人提出了疑问，怀疑他们夫妇或者其中的一个是罪犯。"

龟井马上领悟了："这个人就是敬子吧？"

"是的。敬子是个女人，直觉要比一般男人更敏锐。她经历了整个案子，遭受了种种的磨难，在困惑中开始怀疑披着'不在现场证明'外衣的阿部夫妇。为了查证自己的直觉，甚至冒着风险来到水户。"

"原来如此！"

"敬子的对手感到巨大的危机来临了，为了杀人灭口，不惜残忍地杀害了敬子，把她扔进了荒川水渠里。罪犯知道跟踪的警察随即而至，故意要弄了失踪的小把戏，意图试探警方的反应。"

"唔，这样分析就全了！"

"龟井君认为阿部是罪犯吗？"

"应该是，他的所谓不在现场的证明终究会穿帮的。"

5

阿部到底去哪儿了？

十津川原以为绿子知道他的行踪，但看到她也在拼命寻找，就改变了看法，绿子也许真的不知道阿部的去向。

难道正如龟井所说，阿部是罪犯，他的消失是试探警方的反应吗？

十津川和龟井决定先回到东京，看情况变化再说。

三四天过去了，阿部依然没有回到水户的家里。

在此期间，十津川对阿部写的那封短信做了笔迹鉴定。虽然绿子说是阿部的亲笔信，是否真实还不得而知。

警视厅的专家进行了笔迹鉴定，证实那封信的确是阿部写的，是他把短信留在家里，一个人悄悄地出走了。

绿子曾表示自己想一个人去寻找，没有向当地警署提出帮助搜索的请求。到了第五天，她终于忍不住向水户警署寻求帮助。

通常，警方对这样的搜索请求并不特别热心，尤其搜索对象是有行为能力的成年人，只要没有犯罪嫌疑，甚至不做调查，那些自行消失的情况实在太多了。

但是这次的情况和以往完全不同，因为已经先后发生了四名男女遇害的恶性事件，更何况失踪的是有犯罪嫌疑的阿部。

警方决定全力以赴地搜索阿部。

矢代为阿部的失踪深感担心。他不认为阿部就是罪犯，绿子也不在其列。这种认识没有推理分析，完全出于人的感情，就是大家好歹共处过当年美好的时光，绝不希望自己的旧友中有罪犯。

第六天早晨，十津川接到了水户警署打来的电话："阿部找到了！"

十津川急切地问道："他在哪儿？"

"北海道的登别。"

"是温泉地吗？"

"是的。当地的警署打电话通知我们，说阿部已经死了。"

"是他杀的吗？"

"不，好像是自杀的。据说死在宾馆的一间客房里，还留下了遗书。"

"遗书里写了什么？"

"目前还不清楚，当地警方正在加紧调查。"

挂了电话后，十津川不由自主地发出长长的叹息。

龟井紧张地发问："阿部死了？"

十津川点点头，"好像在宾馆的一间客房里自杀的，死前还留了遗书。"

"他为什么要自杀呢？"

"不知道，也许他感到一直被警察追踪在劫难逃，干脆自杀一了百了。"

"真想早点看到那封遗书啊。"

一个小时后，十津川收到了北海道警署发来的遗书照片传真。遗书是这样写的：我累了，真的累了。现在是清算自己人生的最好时候。绿子，我爱你！再见！

"好像是阿部本人的笔迹。"龟井仔细地看着遗书照片，对十津川说道。

其后，随着调查的不断深入，警方掌握了阿部去北海道的更多细节。

阿部是以吉田功的化名入住登别宾馆的，从入住的日期来看，他从水户出发时没有乘飞机，而是利用列车和青函联络船到达登别。据宾馆的服务人员反映，阿部入住"新登别"宾馆后，每天吃了早餐就去附近的地方散步，整天心事重重。他在宾馆里从不打电话，即使来了电话也不接。

今天早晨，服务员发现他吊死在自己的客房里。

于是，北海道警署认定这是一起明显的自杀事件，死亡的推定时间为今天凌晨两点到三点之间。

出于慎重考虑，十津川和水户市警署分别调查了矢代和绿子在该时间段的情况，结果表明他们都没有去北海道。

根据现场的勘查，当地警方排除了流窜作案的可能性，因为客房里完全没有留下偷盗的痕迹。阿部的钱包、手表和驾驶执照都在，警方正是根据驾驶执照的姓名才知道阿部的真名。

一名进房服务的女服务员说阿部整天闭口不语，似乎在为什么事而烦恼。她担心这位客人有自杀倾向，曾经特意向宾馆的经理做了反映。

听到阿部自杀的噩耗后，作为妻子的绿子立即赶去登别领取阿部的遗体。

十津川和龟井待在东京按兵不动，默默地注视着事态的发展，因为阿部的死亡似乎已做了自杀的定论。

"事态的发展正如你想的那样。"十津川看着报道阿部死讯的报纸，对龟井说道。

现在，每一家报纸都大幅刊登了阿部自杀的新闻，都以连续杀人的骇人标题来博取读者的眼球。不过，没有一家报纸断言阿部就是罪犯，所载的报道无不充斥着主观臆测和捕风捉影的花边新闻。电视台也是如此，电视画面上时常出现多名登别宾馆服务人员，他们证言自杀的阿部死前如何消沉、如何精神恍惚等。

"是啊！"龟井有气无力地回应道。

十津川感到很奇怪："你怎么啦？不是坚持说阿部是罪犯吗？"

"我是认为阿部是罪犯，但他自杀了，事情就变得复杂起来……"

这时候，福岛县警署和山形县警署先后给十津川打来了电话，提出了大致相同的要求：想和警视厅搜查一课交换意见，阿部的自杀，是否意味着这次连续杀人事件的终结？

十津川同意了他们的要求，决定在东京举行三方会议。

如果会议断定阿部就是连续杀人事件的罪犯，就表明警方已经破案了。

十津川对此并不乐观，因为阿部在杀害由纪的案件上有充分的"不在现场的证明"。要定他的罪，首先要跨过这道看似难以逾越的坎儿。

警方能做到吗？

第 十 章

1

十津川反复地看着阿部的遗书，甚至已经能把它背下来，但他还是心存疑惑，总觉得有点怪，一时又无法指出来。

这封遗书无疑是阿部自己写的，他说因为太累了，所以要和妻子就此告别。如果没有发生连续杀人事件，十津川也许对这封遗书没有疑问，认为不过是普通的遗书。但是现实的情况大不一样，他不能无视最近发生的连续杀人事件，阿部本人又是卷入案件的人员之一，而且除了敬子，被害的都是他的旧友。

十津川再次看了遗书，一个疑问油然而生：遗书里为什么丝毫不提及连续杀人事件？刚才的奇怪感觉就在于此，难道他一点都不关心吗？

这是无法想象的。在大学时代的旧友不断遇害，罪犯始终没有找到的情况下，阿部身在其中却毫不关心，这样的逻辑不能成立。

十津川经过一番深入的思考，认为阿部这样做可能出于两个理由。其一，阿部本身是罪犯，所以在遗书中有意回避，警方内部有很多人持这种意见。由于阿部和被害人大多是旧友，还是有一点感情的，所以作案后经常自责，深受良心的谴责，最后走上了自杀的绝路，他不写明是因为没有坦白罪行的勇气。其二，阿部本身不是罪犯，即他的自杀和连续杀人事件无关，是受别的因素逼迫而造成的。如果连续杀人事件是他自杀的原因，他在遗书中回避是不可理解的。

"他为什么不在遗书中写明自杀的原因呢？"龟井有些急躁地问道。

"大概总有不写的理由吧？"十津川平静地回答。

"现在倒是真棘手了。如果不能解决遗书中的疑问，就不能断定阿部是罪犯，也不能否定他是罪犯。"

"可是福岛县警署和山形县警署都想借此机会了解案件。"

"这事不能急，还是谨慎一点为好。"

十津川建议道："我们再去一次水户好吗？"

龟井直截了当地反问："你想和阿部的妻子见面？"

"也有这个意思。如果认定阿部是罪犯，首先要破除他有不在现场证明的根据。"

"那倒是个关键的问题，福岛警署也认为阿部夫妇不可能及时赶到饭坂温泉杀害由纪的。"

"这是我们去水户调查的重点，不解决这个问题，就无法断定阿部是罪犯。"

第二天早晨，十津川和龟井再次乘火车赶赴水户。

他们在上野火车站意外地碰到了矢代，他也说去水户。

矢代很焦急，"报上的新闻把阿部说成罪犯，我实在无法接受这种说法。"

十津川皱起眉头："罪犯就在这伙朋友之中，这已形成了共识。"

"阿部不可能是，他有不在现场的证明呀！'"

"你是指尊夫人遇害时他不在现场？"

"是啊！"

"可是其他三人遇害时，他没有不在现场的证明。"

"说得没错。但是你们也知道，这四起杀人案都是同一个罪犯干的，只要发生第一起案子时他不在场，就不可能是罪犯！"矢代很有把握地下了结论。

2

三人进了车厢入座后，矢代依然喋喋不休地说阿部不是罪犯。

龟井问："如果阿部不是，绿子会是罪犯吗？"

矢代摇摇头，"她更不会是了。"

十津川苦笑道："照你这么说，罪犯不就消失了吗？"

"是的，是消失了，所以我想再去水户看看。"

十津川严肃地发问："如果经过调查，证实阿部不在现场的证明是不存在的，你认为他是罪犯吗？"

"不在现场的证明会不存在？"矢代瞪大了眼睛。

"有这种可能性。"十津川回答得很肯定。

他的思维逻辑很明确：如果眼前的矢代不是罪犯，阿部夫妇就是罪犯。如果这样推理是正确的，阿部不在现场的证明肯定有问题。

到达水户后，矢代说要去看绿子，匆匆地走了。十津川和龟井留在火车站，一起来到水郡线的月台上。

十一月八日，矢代等人就是从这儿乘上列车驶向郡山的。

阿部夫妇当时站在这个月台上，目送着载着矢代一行的列车缓缓地驶离……

这是一个无法否认的事实，问题是阿部夫妇能够通过迂回的方法提前到达福岛吗？它是阿部不在现场的证明能否成立的要害。

十津川首先考虑列车通过水户线到达小山，然后转乘东北新干线高铁，这样完全可以提前到达福岛。遗憾的是那天水户线发生了交通事故，就不能利用这条线路了。

"没问题，罪犯照样能利用其他的线路提前到达福岛。"十津川显得很自信。

龟井问："如果是这样，由纪确实能在福岛的火车站看到先期到达的田村。"

十津川点点头，"是的，所以我觉得她的话是可信的，并且可以这样推理：田村能够提前到达，阿部夫妇同样做得到。"

龟井略有遗憾，"道理是对的，就是不知道他们利用怎样的线路和方法。"

十津川和龟井走出火车站，进入附近的一家茶馆。

时间还早，茶馆里没有客人，两人要了咖啡和吐司当早餐。

在服务员送来咖啡之前，十津川去小卖部买了本列车时刻表放在桌面上。

他一边看着列车时刻表，一边说："我们首先要抛弃罪犯乘出租车赶路的想法，因为他要作案，势必考虑能够保证时间的方法。乘出租车恰恰做不到这一点，它会因路况的不同发生时间的变化，所以应该设想罪犯完全是通过铁路从水户到达福岛的。"

龟井提出了疑问："利用铁路也有局限性，从水户到福岛的线路不是只有矢代一行利用的水郡线和发生交通事故的水户线吗？"

"不是这样的。除了这两条线，通常还可以利用常磐线。"十津川说着，用手指了指地图上的常磐线。

龟井凑过来看着地图，又问："我明白你的意思，就是从水户通过常磐线到达平，然后在平转乘磐越东线的列车朝郡山方向驶去，是这个方法吗？"

十津川表示认可："利用这条线路也可以到郡山，再从郡山通过东北本线直接到福岛。"

"利用这条线路可以提前到福岛吗？"

"我们现在就查一下吧。"

十一月八日，矢代一行乘上十三点三十三分发车的水郡线列车，从水户驶向郡山。阿部夫妇是站在月台上目送这班列车驶离的，如果他们乘常磐线的列车，最快也是十三点三十三分以后的列车班次了。

十津川把列车时刻表翻到常磐线的页面。

3

十三点三十三分以后最快的列车班次是"常陆21号"特快列车，十五点三十四分就能到达平。十津川又把列车时刻表翻到磐越东线的页面，一看就大失所望。因为这条线路的列车班次很少，除了临时加开的"滑雪专车"，根本没有特快列车。即使十五点三十四分到达平，能转乘的只有十六点四十三分发车的普通列车，到达郡山的时间是十九点零六分。矢代一行乘坐的列车于十八点十九分到达福岛，完全赶不上。

"看来利用这条线路是不行的。"十津川脸色凝重。

"阿部不在现场的证明真的无法破除吗？"龟井失望地问道。

"是啊！"

十津川沉思着，突然若有所悟："我想起了另一条线路！"

龟井喜上眉梢，"真有吗？"

"有！记得有一条从常磐线返回上野的线路。"

"警长，这不行，要返回上野太费时间了。"龟井耸耸肩膀，两手一摊。

十津川严肃地回答："也许这是我们没想到的盲点。"

"此话怎讲？"

"在考虑从水户去福岛的时候，我们总会想到靠近福岛的地方，不会去想与之相反绕远路的地方，这不就是盲点吗？"

"那确实是盲点，如果返回上野，时间来得及吗？"

“我们查查看嘛。”

十津川再次把列车时刻表翻到常磐线的页面。

这次不是查往北去的列车，而是查返回上野的列车班次。

十三点三十三分以后，有一班十四点零四分从水户发车的特快列车“常陆20号”。十五点二十四分到达上野，到了上野后，就可以乘上东北新干线的高铁了。因为上野有十六点发车的高铁“回声67号”，能够很轻松地再次转乘。

“这样就来得及了！”十津川微笑道，“我们成功了，‘回声67号’到达福岛的时间是十七点三十七分。”

龟井激动万分：“矢代一行乘坐的列车于十八点十九分到达福岛，阿部他们整整提前了四十分钟。”

十津川松了一口气：“这样一来，阿部夫妇的所谓不在现场的证明就完全站不住脚了。当然，田村也能这样做，由纪看到他就毫不奇怪了。”

龟井问：“我们接下来做什么呢？”

十津川答：“找绿子面谈。他们说是第二天八月九日才到福岛，其实并非如此，也许八日就到了。”

于是，两人立刻向阿部夫妇开的茶馆走去。

走到茶馆附近，他们看到矢代和绿子在门口正脸凑脸地窃窃私语。

十津川猛然停住了脚步。

龟井小声地问道：“你怎么啦，为什么不走了？”

十津川回过头来：“你对他们两人有什么感觉？”

“他们两人吗？一个丈夫自杀，一个妻子遇害，都是不幸之人，他们在一起也是同病相怜吧。”

“唔，是这样的。”

“他们互相慰藉也很正常。”

"说得有理！"十津川点点头，对绿子叫了一声，"你好，阿部绿子夫人！"

绿子惊慌地离开矢代，直勾勾地看着他们。

矢代转过身，对他们笑了笑："有没有查清了什么？"

"我们发现了一件很有趣的事。十一月八日那一天，阿部夫妇目送你们乘坐的列车驶离后，如果乘上十四点零四分从水户发车的'常陆20号'回上野，就能提前到达福岛。因为在上野可以利用东北新干线的高铁，速度快多了，所以阿部夫妇就能通过新干线提前到达福岛。"

听了十津川的这番话，刚才沉默不语的绿子立刻大声地反驳："你说得不对！"

"我说得不对？你有证据吗？"

"当然有。那天送走他们后，我和阿部还在这儿跟人见面商量事情。"

4

十津川面露疑惑的神色，不由自主地盯着绿子的脸，心里暗忖：这是真的吗？如果她说的是真话，案情将更复杂，真相更难辨了。

十津川问："你们和谁见面？"

绿子答："火车站商店街的负责人。因为那天是附近神社的庙会，我们一起商量相关的事宜。"绿子顺口说出了四个商店街干事的名字。

十津川再次确认："你确定在十一月八日见面没有记错吗？"

绿子胸有成竹地回答："绝对错不了。我们在火车站送走矢代君他们后，就急急忙忙地回来了。如果没有这样的事，早就跟他们一起走了。"

矢代也补充道："绿子说得没错。那天阿部确实对我说因为有事要处理，不能和你们一起走。"

"龟井君，你过来！"十津川对他轻轻地耳语了几句。

龟井领会地点点头，立刻离开茶馆去商店街核实情况了。

过了一个小时，龟井回到茶馆，把十津川叫到门外悄悄地说道："绿子说的四个干事我找到了三个。"

十津川急切地问："他们是怎么说的？"

"十一月八日下午确实在这家茶馆商量神社庙会的事。"

"是开会吗？"

"是开会，还有简略的会议记录，我也带来了。我再三问是十一月八日没错吗？三人都说没记错，看来不像是说谎。"

"会议是几点开始几点结束的？"

"听说最初准备从下午一点开始的，由于阿部夫妇要去火车站送朋友，所以就延迟了。两人回来后，一点半才开会，议题就是商店街如何配合神社庙会的事。"

"是一点半吗？"

"确切地说，应该是从下午一点四十分开始，三点左右结束。"

"三点左右？有没有准确的时间？"

龟井有些不以为然："一般来说，不会一边看手表一边开会的，准确的时间他们都说不清，说下午三点左右是没错的。"

"那就没办法了。"十津川无奈地叹了一口气。

这时候，绿子出来问道："你们调查得怎样了？"

十津川答："就如你说的那样，十一月八日下午这儿开过会。"

绿子有些得意："我这个人从不说谎。再补充一点，会议开完后，我先生还驾车去东京进了咖啡豆。"

"会议是几点结束的？"

"应该是下午三点左右吧。"

"阿部君开完会就驾车去东京了？"

"是的。我们夫妇八日绝对没去福岛，是第二天九日才去的。"

"他去东京买咖啡豆的店是固定的吗？"

"固定的，我们一直从熟悉的商行进货的。"

绿子告知了那家商行的名称，十津川立刻打电话到商行。

接电话的是商行老板："这里是咖啡豆专卖店荒木商行。"

"请问，水户的阿卡普尔科茶馆和贵店有业务来往吗？"

"哦，你说的是阿部君吗？他经常来小店进货的。"

"十一月八日阿部来贵店买过咖啡豆吗？"

"你是谁？"

"我是警察，奉命调查。"

对方停顿了两分钟，说道："是的，我在十一月八日见过阿部君。"

"几点钟见到的？"

"具体时间想不起来了，但记得晚上我们一起吃饭，一起喝酒取乐。"

"你们经常一起喝酒吗？"

"没有。因为阿部君必须驾车回去不能喝酒，只是我自己喝，但他喜欢喝酒的气氛，所以就混在一起说说笑笑。"

"阿部是几点回去的？"

"大概是过了晚上九点吧，他应该在十二点左右才能回到水户。"

5

十津川挂了电话，问绿子："阿部是几点回家的？"

绿子答："他回来时已经很晚了。我没有看表，估计已过了十一点，当时我正在看电视新闻，才知道由纪在饭坂温泉遇害的消息。我把这事告诉了先生，他当即给矢代君打了电话。"

矢代点点头："是有这回事，阿部君在八日的深夜给我打了电话。"

龟井问："是什么时间打的？"

"应该是十一点过后打的。阿部说，看了十一点的电视新闻吓了一跳，明天立刻赶来。"

十津川问绿子："看十一点电视新闻的不是夫人你吗？"

绿子承认："是我看了电视新闻知道这事的，然后告诉了刚回来的先生。"

"是吗？"十津川还是将信将疑。

他没有深究，只觉得阿部说得有点怪。明明是妻子看电视新闻后告知由纪的死讯，为什么对矢代说是自己从电视新闻中看到的呢？

关键的问题不在这儿，十津川最关心的还是十一月八日下午在茶馆开会，以及阿部驾车去东京进咖啡豆的事情。

如果真是这样，阿部就不可能在八日赶到福岛杀害由纪。

十津川的目光转向了矢代，他可能是罪犯吗？如果是，犯罪的动机是什么？

当然，丈夫杀害妻子有各种各样的情况，虽然他们表面上看夫妻关系良好，但光凭这一点是远远不够的。由纪是个非常漂亮的美人，也许和某个男子关系暧昧，引起丈夫的妒忌而起了杀心，就利用这次旅行的机会杀害了妻子。

如果确实如此，发生这样的情况也顺理成章。矢代怕别人怀疑自己，率先抛出田村作为疑犯，并制造了由纪在福岛火车站看见田村的谎言。由于死去的妻子无法开口，别人也提不出反对意见，除了敬子，田村还恨过所有的旧友，大家自然怀疑他就是罪犯。

以后发生的连续杀人事件，只不过是多米诺骨牌效应而已。

原以为杀了妻子由纪就能了事，谁知余波未平，同行朋友的怀疑造成了连续的杀戮。首先，原田发觉其中有诈，矢代不得已把他杀了。接下来轮到田村。虽然矢代故意抛出他作为罪犯的假象，但田村真的出现在天童后矢代慌了，特意把他叫到舞鹤公园痛下杀手。最后的牺牲者是敬子，她在由纪死后一直怀疑矢代，而且可能发现了其中的破绽，矢代干脆一不做二不休，残忍地杀害了她。

矢代的嗜杀行为也有另一种理由。如果只杀由纪一人，别人首先会怀疑自己，所以不惜连续杀人把水搞浑，制造罪犯恨所有人的恐怖气氛，使自己安全脱身。

但是，最棘手的问题还是没解决。如果矢代是罪犯，怎么解释阿部的自杀呢？

十津川继续苦苦思索着……

难道阿部自杀和连续杀人事件毫无关系吗？

这样的死因也不是不可能。也许事业上不顺心，也许夫妻关系出现了难以解决的矛盾……

矢代问十津川："你接下来还要做什么呢？"

"没什么了。"十津川转过脸拜托绿子，"来点咖啡好吗？"

于是，十津川和龟井围着茶桌入座，悠然地喝着绿子送来的咖啡。

矢代忐忑地问道："警察先生还怀疑阿部君吗？"

十津川摇摇头："不怀疑了，他不在现场的证明能够成立。"

"这么说，绿子也应该是清白的吧？十一月八日她就在水户。"

"是的。"

矢代微笑着面对十津川和龟井："你们是在怀疑我吧？"

十津川心中一怒：这家伙胆真大，竟敢向警察挑战。

他没有回答，直接反问："是你干的吗？"

"我没有理由杀害内人和朋友！"矢代的笑容消失了，露出了阴暗的眼神。

十津川问："如果你不是罪犯，说的证言都是实话吗？"

"我说过什么证言？"

"你说妻子由纪在水户火车站的月台和福岛火车站门口见过田村，还有加藤敬子给你打电话时说的话。"

"啊，我当然说的是实话。我从不撒谎，再说也没必要。"

龟井问："如果你不是罪犯，谁是罪犯？"

"我不清楚，难道你们警察也不知道吗？"矢代挑衅地看着二人，似乎认为对方很无能，不敢对他怎样。

二人向绿子和矢代告别后，离开茶馆，去水户火车站附近的一家餐馆用午餐。

此时，他们都有一种失落感。原以为在列车时刻表上找到了去福岛的捷径，阿部不在现场的证明自然站不住脚，没想到事与愿违，依然碰壁而归。

"我觉得罪犯肯定存在！"龟井一边吃着猪骨饭，一边说。

"那当然，否则就不会发生连续杀人事件。"十津川津津有味地吃着咖喱饭，对此深信不疑。

龟井提出了新的设想："难道是他们两人共谋连续杀人吗？"

十津川放下手中的筷子："你是说矢代和阿部绿子共谋？"

"是的。刚才看到他们在亲密地说话，头脑里就闪过这样的念头。"

"我明白你的意思，两人暗暗好上了，不惜把妨碍他们的人一个一个杀掉。"

"是的。"

"可是绿子八日那天在水户，这怎么解释？"

"矢代是作案者。"

"那绿子起什么作用？"

"她可以为矢代说出有利的证言。"

十津川并不认同："按照当时的情况，她无法为矢代说什么有利的证言。再者矢代的夫人是个富有魅力的美人，绿子远不如她。矢代凭什么要抛弃美丽的夫人和绿子勾搭，甚至犯下杀人的死罪？这是难以想象的。"

龟井依然固执己见："男女关系是很微妙的，不能以普通的常识一概而论。我还是认为这个推理是成立的，阿部的自杀也许就是这个原因。"

"你认为阿部是知道妻子出轨后绝望自杀的吗？"

"光是出轨还不至于自杀，他一定知道了妻子和矢代共谋连续杀人的事。虽然作案者是矢代，暗中协助的却是绿子，所以他无疑受到了极大的打击。"

"也许吧。"十津川的态度还是很暧昧，他并不赞同龟井的推理。

尽管如此，他也没法轻易否定，因为自己尚未想出更好的推理。

第十一章

1

十津川和龟井怏怏地返回东京，立即向福岛和山形两县的警署通报了在水户碰到的新情况。

福岛县警署的户田警长暗含讽刺地问道："现在已有四人被杀、一人自杀，你们还是没有找到罪犯？"

十津川答："我们认为剩下的矢代和绿子很可疑，甚至推论他俩共谋犯罪，苦于现在没有证据，只能暂且假设。"

山形县警署的中村警长当场没说什么。

三天后，户田警长和中村警长一起来到东京，两人都带着逮捕令。

户田说："我们认为矢代有杀害妻子由纪的重大嫌疑！"

中村说："我们也怀疑矢代是杀害原田和田村的凶手。"

其实，东京警视厅里也有矢代是杀害加藤敬子的疑犯，必须立即逮捕的论调，三方的观点不谋而合。

十津川问二人："你们认为矢代有犯罪嫌疑，有什么证据吗？"

户田率先说道："在饭坂温泉发生的杀人事件中，相关的人员可分为能作案和不能作案的两类人。根据当时情况，在现场的矢代、原田和加藤敬子有作案的可能。田村虽然没有同行，但依照十津川君的推理，如果乘火车从水户返回上野，就能转乘东北新干线的高铁，提前到达福岛。从时间上来看，他也有作案的条件。经过你们的调查，已排除阿部夫妇十一月八日到福岛的可能性，罪犯只能在矢代、原田、加藤敬子和田村四人中间。这个十津川君认可吗？"

十津川没有表态，只是催促道："请继续讲下去！"

"现在四人中已有三人被杀，通过最简单的排除法，剩下的矢代就是罪犯，我认为是没有疑义的。"

十津川转过头来问中村："中村君是什么意见？"

中村胸有成竹地说道："他们一行到天童的时候，阿部夫妇已经赶来了，不存在不在现场的证明，但我始终认为这个连续杀人事件是同一个罪犯干的，这一点到现在也没改变。"

十津川点点头："我也有同感。"

"如果这个前提能够成立，答案就简单了。在饭坂温泉杀害由纪的罪犯来到天童继续作案，先后杀了多人。要是杀害由纪的是她丈夫矢代，那么杀害其他人的罪犯也只能是他了。"

十津川又问二人："你们说矢代是罪犯，他的犯罪动机是什么？"

"那太简单了。"户田有些不屑地回答，"不就是家庭不和、丈夫杀妻的传统套路吗？有些表面上看起来关系亲密的夫妻其实过着爱恨交织的生活，这种事例不胜枚举，矢代夫妇就是这样的典型。"

"山形县警署的意见如何？你能说明一下矢代的犯罪动机吗？"

中村翻开笔记本，缓缓地说道："在天童被杀的是原田和田村，他们二人是矢代大学时代的同学。田村和矢代的关系稍微复杂一点，田村事业失败时，曾向过去的旧友求助，但没有得到回应，据说他恨透了这些人。如果田村杀了矢代，这可以说是他的犯罪动机，但是现在的情况恰恰相反，是矢代杀了田村，这就不能简单地以个人恩怨来解释，还需要进一步的推理论证。至于原田，我估计他在饭坂温泉看到了什么而引火烧身。比如，看到了矢代夫妇发生激烈争吵的情景，这就可能成为矢代杀他的动机。原田虽然没有对警察说出此事，但作为朋友，也许他会问矢代这到底是怎么回事，矢代为了封口就残忍地杀害了他。"

"田村的情况也是一样吗？"

"他的情况和原田有所不同。在妻子由纪和朋友原田遇害后，矢代都强力主张罪犯就是田村。当田村通过留言签名表示他已现身后，矢代感到了问题的严重性，一旦田村说出真相就麻烦了。于是他抢先见了田村，并且当场把他杀了。矢代知道最好的方法就是制造田村自杀的假象，让人误以为田村是杀了两个旧友深受自责而自杀的。由于他考虑不周，很快就露出破绽。他先用钝器袭击田村的脑后部，然后推下山去。警方到现场一勘查就能明白其中的问题。"

其实，十津川也想到过这件事。

罪犯原准备杀一个人，由于被人发觉了犯罪的现场，不得不去杀第二个人。就如多米诺骨牌那样，为了掩饰犯罪的破绽，不惜接二连三地大开杀戒，形成了连续杀人的犯罪链。不过，十津川总觉得有些异样，案情绝非如此简单，但他没有把心中的疑惑告诉中村。

最后，户田和中村异口同声地说道："我们决定以杀人嫌疑罪逮捕矢代！"

2

由于福岛和山形两县的警署在逮捕矢代的问题上形成了一致的意见，东京警视厅也就是否对矢代签发逮捕令展开了讨论。

三上刑事部长看着搜查一课的本多课长和十津川，担心地问道："现在福岛、山形两县警署的办案速度都赶在前面，我们是否太犹豫了？"

本多问十津川："我们查办的加藤敬子被杀案有没有眉目？说矢代是罪犯有证据吗？"

十津川回答："没有。"

三上部长皱起了眉头："十津川君，你不是也认为这个连续杀人案是同一个罪犯所为吗？"

"我确实是这样想的。"

"这就对了，矢代就是罪犯。福岛县警署认为矢代杀了妻子由纪，要逮捕他。山形县警署认为杀害原田和田村的也是矢代。如果从同一个罪犯所为的基本点出发，杀害加藤敬子的也一定是矢代。难道不是吗？"

十津川依然顽固地坚持："现在没有证据，我不能随意下结论。"

三上部长强忍着心中的烦躁，继续问："如果矢代不是罪犯，剩下的不就是绿子吗？"

"是的。"

"你认为她是罪犯吗？"

"现在也没有证据。"

三上部长涨红着脸，怒声说道："现在两县的警署都决定逮捕矢代，了结案子。我们警视厅还拘泥于证据迟迟不表态，真是不可思议。警视厅的面子何在？"

十津川不卑不亢地回答："我理解部长的心情，但现在没有找到犯罪动机和犯罪证据，实在无法对矢代实施逮捕。"

"他的犯罪动机不是很清楚吗？夫妻反目成仇就足够了。再说，能杀害所有人的只有矢代。他始终和大家在一起，没有不在现场的证明，难道还不能逮捕吗？"

"我不想跟部长抬杠，但不解决最后的问题就逮捕矢代，我会遗憾终生的。"

"你说的最后的问题是什么？"

"我想重新审视这个案件。"

"已经到了这个阶段，为什么还要做这种事呢？"三上部长疑惑地问道。

十津川勇敢地直面部长，"这个案件比较复杂，我想重新审视我们最初的观点是否有错。"

本多课长问："重新审视需要多长时间？"

"大概需要两天左右。"

三上部长问："即使通过重新审视，最后的结论还可能是矢代吧？"

"也有这种可能性。"

"如果这样做，警视厅将远远落后福岛和山形两县警署，你明白吗？"

"我明白。"十津川毫不犹豫地回答。

3

十津川的顽强坚持终于取得了成效，警视厅没有和两县的警署同步行动。

第二天，福岛县警署的户田警长和山形县警署的中村警长共同逮捕了矢代。

矢代首先被移送至福岛，接受杀妻案的讯问，结束后再押解到天童。

当天，各家媒体都大幅报道了逮捕矢代的消息。由于这起连续杀人案共有四人被杀、一人自杀，其轰动效应是不言而喻的。

面对如此浩大的声势，三上部长害怕了，因为媒体严厉指责了警视厅态度暧昧，效率低下。

龟井一边看报，一边对十津川说："部长看了报纸一定会大喊头痛的。"

"也许吧。不过报纸指责我们态度暧昧倒是确实的。"十津川无奈地耸了耸肩膀，又问，"矢代应该已经到福岛了吧？"

龟井答："我估计那边已开始审讯了。户田警长来电话说，一旦矢代有了口供立刻告诉我们。"

十津川问："绿子的情况如何？"

龟井答："我想听听她的感受，特意往水户打了电话。"

"她怎么说？"

"她说现在很为矢代担心，想去福岛看望矢代，能不能见面还不知道，只想试试。"

"是吗？"

"我们现在该做什么？"

"再次和绿子面谈，并调查她在大学时代的情况。"

龟井不解地问道："现在还有必要调查那时的情况吗？"

十津川肯定地回答："这对重新审视案情是绝对必要的。现在时间很紧，我们必须马上去福岛见见阿部绿子。"

"前天刚见过面，还有必要见吗？"

"我想看看矢代被捕后，她是怎样的表现。"

第二天，两人从上野火车站乘上东北新干线的高铁，赶赴福岛。

到了福岛县警署，户田警长出来迎接，开口第一句话："非常遗憾，矢代到现在也没招供。"

十津川问："绿子来了没有？"

户田答："她来了，想和矢代见一面，被我拒绝了，让我把毛衣转交给矢代。"

"她现在住在福岛的宾馆吗？"

"好像是吧。"户田看了看放在办公桌上的记录本，里面写着绿子入住宾馆的名称，接着说，"绿子很想见矢代，临走前再三关照，'一旦允许见面了，请务必通知我'。"

十津川和龟井立刻按户田的指点，去了绿子入住的宾馆。

经过总服务台服务员的电话通知，绿子来到了大堂。

这个平时有点土气的女人今天却穿着豪华的原色和服，还化了浓妆。

"啊，十津川先生！"绿子一见他们就高兴地打了个招呼。

"你还好吗？"十津川微笑着问候道。

"我很好。请你们快去救救矢代吧，我不相信他是杀人罪犯！"绿子的语气非常急切。

4

"你认为矢代是无罪的吗？"十津川开门见山地问道。

"那当然，绝对无罪。他的情况您不是也知道吗？"绿子偷偷地看着十津川的脸色，别有意味地反问道。

"你错了，他是否有罪我完全不知道！"十津川故意板着脸。

绿子不满地说道："难道警长先生也认为矢代有罪吗？"

十津川摆摆手："我不是这个意思。但从理论上来说，除了矢代，很难考虑其他人是罪犯。"

"就算福岛县警署和山形县警署逮捕了矢代，警长先生也不能罔顾事实吧？您不是一直认为矢代不是罪犯吗？"

"你错了。"

"我错在哪儿？请指教。"

"就像我刚才说的那样，从理论上考虑，我认为矢代是罪犯，现在不逮捕他，是因为还没有找到证据。"

"我了解矢代，他胆子很小，根本不会去杀人。"

"这个很难讲。我干了多年的刑事工作，见过各种各样的罪犯，没有人生来就会杀人的，矢代也是如此。也许他平时比较胆小，但到了犯罪的时刻就会横下一条心，什么坏事都干得出来。

比如，当他发觉妻子由纪有出轨行为后，就可能在一怒之下把她杀害了。"

"您说得也有道理，但他没理由杀其他人。"

"当然有他的理由。如果杀妻的时候被别人看见了，就可能杀人灭口。"

"那个……"

十津川话锋一转："如果矢代受到有罪判决，你打算怎么办？"

"我会请一个优秀的律师为他做无罪辩护的。"

"做无罪辩护可能很难。因为谁都知道他是罪犯，法官也是根据案情和民意来判决的。你请律师辩护的话，最多只能酌情轻判。"

"酌情轻判？"

"是的，比如从死刑改判为无期徒刑。就是这样改判也很难，毕竟他杀了四个人，罪孽深重。"十津川冷冷地说道。

绿子陷于沉思之中。

"龟井君，我们先走吧！"十津川见火候已到，起身催促道。

两人和绿子告别后，离开了宾馆。

半路上，龟井终于忍不住开口问十津川："为什么要对绿子那样说呢？你不是也认为矢代不是罪犯吗？"

"是啊。"

"既然如此，为什么正话反说呢？还语带威胁，是特意观察她的反应吗？"

十津川苦笑道："多少有这点意思。不过，我也告诉她通常的看法。如果法庭判决的话，基本上会判矢代有罪，因为所有的状况都对矢代不利，显示他就是罪犯。福岛、山形两县的警署逮捕他也是出于这个原因。"

"绿子会怎么办呢？"

"她刚才已经说了，一旦被法庭起诉，就请优秀的律师为矢代做无罪辩护。"

"做无罪辩护是很难取胜的。"

"是啊。"

"她真的相信矢代是无罪的吗？"

"你这样说是什么意思？"

龟井提高了嗓音："她不会思考其他的因素吗？"

5

十津川说："我们现在就去找他们大学时代的朋友聊聊吧。"

其实，这本来就是他们这次离开东京的目的，龟井自然一口应允。

两人乘东北新干线的高铁返回上野，转乘从上野火车站发车的"常陆号"特快列车到水户。

他们当天在水户市内的旅馆住了一晚，第二天去了水户警署，请警署调查当年和矢代他们同期毕业的同学现在在何处工作。

水户警署在水户大学的协助下，列出了同期同学在水户工作的人员表，总共有二十六人。

十津川给这二十六人打了电话，询问他们是否熟悉矢代和绿子。

经过调查，熟悉者共有八人。十津川决定对这八个人分别进行面谈。

第一个人是男同学，在市内开了一家文具店，名叫金子茂。他原来的志愿是当公司职员，由于父亲亡故，不得不继承了父亲开的文具店。

他们请金子茂在文具店前面的一家茶馆见面。

"听到这次事件后，我确实吓了一跳。"金子茂长得很英俊，而且性格爽朗。

十津川问："那六个人你都认识吗？"

"都认识。虽然谈不上关系亲密，但彼此都很熟悉。"

"你能不能一个一个地说一下，先说阿部吧，他是个怎样的人？"

"他是六人中的头儿，有很强的责任感，对其他人都很照顾。我和他有过接触，觉得他待人接物过于严肃，不是一个幽默风趣的人。"

"阿部和五个伙伴办过一份名叫《东海沙丘》的同人杂志，你知道这事吗？"

"知道，知道，我为杂志写过诗，曾经两次登在杂志上。"

"那你为什么不参加他们的团队呢？"

"我个性很强，又散漫惯了，不喜欢加入什么团队。"

"矢代这个人怎么样？和他有过来往吗？"

"有过来往。他是团队中办事最认真的人，长得又帅，很早就有女朋友了。"

"他后来和由纪结婚了。"

"他们很般配，由纪也是个出了名的美女。"

"你刚才说矢代是六人中办事最认真的人，其他五人应该各有不同吧？"

"是的，各有特点。"金子茂笑道，"阿部我已说过了，待人过于严肃。原田不拘小节，喜欢大声说话。田村性格内向，绿子太过自卑，有点自虐的倾向。由纪和矢代性格相同，很合得来，所以两人就结婚了。"

十津川问："你说绿子有自虐倾向，具体指什么？"

金子茂没有回答，直接反问："你觉得她有魅力吗？"

十津川没料到他提出这样的问题，不得不轻声回答："应该有吧。"

"你说的是真话？"金子茂率先笑了，"我们大学四分之一是女生，但绿子没有女人的魅力，也不是漂亮的美人。所以她有点自暴自弃，平时不爱打扮，也不露笑脸，越来越乏味。后来干脆躲进书斋写小说，平衡扭曲的心理。"

"她和阿部结婚的时候你是怎么想的？感到意外还是觉得很般配？"

"我觉得这样结合是很般配的。阿部是个古板的人，不喜欢具有现代风格的女青年，和她们也没有来往，不善言辞、喜欢文学的绿子正好是他满意的类型。"

"绿子对阿部感觉如何？喜欢阿部吗？"

"这我不清楚。她一直找不到结婚对象，能有阿部做伴应该是很高兴的事。"

他俩接着又找了一个女同学谈话，那人叫及川友子，学生时代姓高田。大学毕业两年后，嫁给了一个公司职员。

友子曾在电话里说："不了解阿部、原田那些男生，但知道当年绿子的糗事。"

龟井问："你和她关系亲密吗？"

友子嘻嘻一笑："不怎么亲密，因为她这个人很乏味。"

"那你怎么知道她的糗事呢？"

"因为我自己碰到过。"说到这儿，友子又嘻嘻地笑了。

"是什么事啊？"

"有一次，我到她家里去，等待的时候无意中看到书桌上放着一本红色皮革封面的笔记本。我好奇地打开笔记本，发现是她写的日记。"

十津川有了兴趣："里面写着什么呢？"

"确切地说，这是她大学毕业时写的日记，还提到了矢代君。"

"这倒有意思，她是怎样写矢代的？"

"写得充满着感情，好像有很深的关系。我当时很吃惊，实在太意外了。"

"她具体写了什么？"

"有些话说不出口。比如，受矢代邀请外出吃饭，禁不住对方的甜言蜜语就去了矢代家发生了肉体关系等。另外，她还写到了由纪。"

"是怎么写的？"

"说每次和矢代在一起，就会引起由纪的妒忌等。"

"真的有这些事吗？"

"这个我不知道，日记上是这样写的。"

他们又找了第三个谈话者，那人是公司职员，名叫川上彻。

十津川对他提起绿子日记里写的事，川上不由得开口大笑："这纯属捏造！"

"为什么觉得是捏造呢？"

"矢代不是有了恋人由纪吗？没理由和绿子纠缠不清。如果绿子是个富有魅力的美人另当别论，可惜她不是，只是个无趣的女人。"

"矢代和由纪是真心相爱的吗？"

"是否真心相爱不知道，但我不相信他会爱绿子。"川上撇了撇嘴说道。

第四个谈话者是一家超市的支店长，名叫黑川谦二。他和川上一样，都不相信矢代会爱上绿子。他说："矢代是个很认真的人，而且和由纪正式谈了恋爱，绝不会再对其他女人有花心的。"

十津川问："你不相信绿子在日记里写的事吗？"

黑川很干脆地回答："不相信！"

第五个谈话者叫宫岛有美，她证实友子说的确有其事："我也看过绿子写的日记，听说她为这事还被矢代说了一通，很尴尬。"

十津川感到很惊异："这是真的吗？"

有美爽快地回答："当然是真的！"

第十二章

1

龟井说："真是不可理解！"

十津川问；"你想说什么？"

龟井皱起眉头："我没有见到那个遇害的由纪。但看过她的照片，确实是个漂亮的女人。她的朋友也说由纪是个性格开朗的人，而绿子与她恰恰相反，没有一点女性的魅力，只有一种阴暗的自卑感，两人的差距非常明显。所以拥有由纪的矢代不可能爱上绿子，连我都不相信。"

"你对她写的日记内容是怎么看的？"

"估计都是空穴来风，捏造的。"

十津川最后提议："我们再去见一次绿子吧。"

由于绿子还没回来，他们只好重返福岛，在原来的那家市内宾馆和绿子见面。

绿子的心情似乎不错，虽然还在为矢代担心，但气色明显好多了。

十津川说："我们在水户碰见了好几个你大学时代的同学。"随即报出了那几个人的名字。

绿子的眼神中露出兴奋："真想念他们啊。"

十津川又说："这次见了两个女同学，一个叫及川友子，另一个叫宫岛有美，及川在大学时代叫高田。"

绿子笑了笑："两人都是我的好朋友，很想见她们。"

十津川不动声色地切入正题："她们都看过你大学毕业时写的日记。"

"她们连这种事都说出来？"

"是的。"

"我的隐私全曝光了，真感到害羞。"绿子故作姿态地忸怩道。

"你在日记中说，被矢代说了一通，感到很尴尬。真有这事吗？"

"这种事也得回答吗？"

"可能的话，请回答。"

"说实在的，这种话谁都不愿公开。我知道自己缺少女人魅力，但不知为什么，矢代说他喜欢我。吃完饭后，还邀请我去他的家里。"

"那你是怎么反应的？"

"我知道由纪喜欢矢代，曾经和她谈过矢代的事。我对由纪说：'你既然喜欢矢代就不要犹豫，应该勇敢向前！'我之前和矢代的关系很一般，所以就拒绝了他的邀请。"

143

"矢代就此罢休了吗？"

"他反而更主动地追求我了。一天晚上，我刚回到自己住的公寓，他突然从暗处冲出来抱着我强行接吻。"

"你把这事也写在日记里了？"

"应该写的吧。"

龟井试探地发问："我提个失礼的问题，你和矢代发生过关系吗？"

"发生关系吗？"绿子嘻嘻地笑了，"只有一次，是他强迫的。我觉得这样做对不起由纪，一直很不安。当然，我没有对由纪和自己的先生透露过这个秘密。"

十津川问："你觉得矢代到现在仍然喜欢你吗？"

"我不知道。你们可以去问矢代君，也许他不会说实话。"

"为什么？"

"如果他一直喜欢我的话，就有可能成为杀人动机。"

2

经过福岛县警署的同意，十津川和龟井与关押的矢代见了面。也许睡眠不好，矢代的脸色苍白，看上去很憔悴。

十津川开门见山："我们刚才和绿子见了面。"

矢代堆起笑容："请代我谢谢她。她送的毛衣收到了，我感到很温暖。"

"你喜欢她吗？"

"并不讨厌。"

"你从大学时代开始就一直喜欢她？"

"你这话是什么意思？"矢代歪着头反问道。

"我问你到底喜不喜欢她？"

"她是个才女，为人很低调。"

"你有没有邀请她去家里的事？"

矢代露出惊异的神态："我邀请她去家里？"

"她说你多次提出这样的邀请。"

"绝对没有这种事，我那时已经和由纪谈恋爱，怎么可能对她有花心呢？"

"那就怪了。绿子说你确实向她发出邀请，她考虑到由纪的因素就拒绝了。"

"会不会是她搞错了，把阿部邀请她的事算在我的头上？"

"不对，她清楚地说你多次邀请她的，而且你有一次强迫她和你发生关系。"

"这纯粹是胡说！我一直爱着由纪，从来没有变过心。"

"难道这些事是绿子自己编造的？"

"的确如此。我不清楚她为什么要这样说，一定有什么误会。"

"她过去就喜欢胡编乱造吗？"

"不，她不是那种人。她平时做事认真，沉默寡言，是个有才气的女人，她一定对我有什么误会了。"矢代很沮丧，翻来覆去地说着"误会"两个字。

两人走出了县警署。

龟井问："两个人的话谁是真的？"

十津川不置可否："你说呢？"

"我不知道，也许是绿子撒了谎。矢代听了很紧张，弄不好就会成为他的犯罪动机。如果他真爱绿子的话，我们再怎么说他也不会说这种话的。"

"你想看绿子写的日记吗？"

"她还会保存这种日记？"

"应该会的。"

于是，两人再次去宾馆面见绿子，十津川向她提出阅读这部分日记的要求。绿子开始有些犹豫，听十津川说矢代的证言和她完全不同，便爽快地答应了。

第二天，绿子和十津川、龟井一起返回水户。十津川向绿子借了大学最终学年的日记，说好为期一个星期。

在回东京的列车上，十津川粗略地看着绿子的日记。

绿子的字很小，密密麻麻地写满了页面，几乎不留一点空隙，十津川看得非常辛苦。他翻到十月九日的日记，上面是这样写的：

十月九日（小雨）

今天回公寓，发现矢代在暗处眼睛一眨不眨地盯着我。我也很痛苦，但不能背叛由纪，要是做了这种事，就失去了宝贵的友情。所以我没搭理他，直接进了房间，没想到他突然拉住我的手，钻心的疼痛使我感到他对爱情的执着，心里更痛苦了。我对他说："请不要这样！"他立刻堵住我的嘴，强吻了我，还在耳边反复地说："我真的很爱你！"我一时头晕目眩，激动不已，心想虽然对不起由纪，我还是接受了他的爱，他的情热……

日记写得很长，后面还有不少场景描写和心理感受。

在十一月二日的日记中，她具体描写了和矢代第一次发生关系的情景。

这篇日记有点怪异，虽然书写的方法很普通，但通篇都是露骨的性描写，甚至还细致入微地刻画了为矢代口交的细节。

十津川看完日记，默默地转交给龟井，自己交叉双臂沉思着。

龟井飞快地看完后，忍不住叹道："很有趣啊！"

十津川转过头来："哪儿有趣？"

"日记的文笔不算好，但她的描写方法确实别具一格。我是个男人，不懂得女人的心理，总觉得她和矢代发生关系的描写有点怪。"

"怪在哪儿？"

"矢代是她朋友由纪的恋人吧？就是写和矢代发生关系也应该采取暧昧模糊的手法，可是绿子却反其道而行之，连两人的体位都描写得清清楚楚。"

"是啊，是有点怪。"

"警长也这样认为吗？"

"嗯。现在还不清楚这些日记和杀人事件有什么关系，只知道矢代花心，有了由纪还和绿子胡搞。深入地想一想，这些日记的记述也可能是连续杀人的原因，我很想知道其中的关联。"

"接下来该怎么做呢？"

"我想回东京后请教川井先生。"

"川井先生是谁？是心理学老师吗？"

"不，他是精神科的医生。"

十津川知道川井是个著名的医生，长期从事研究精神异常青年进行无差别杀人时的犯罪心理。

到了上野，十津川带着绿子的日记单独去S大学医院精神科拜访川井医生。

两人见面后，十津川谦恭地说道："我现在碰到一个难题，请先生务必指教。"

六十开外的川井医生容光焕发，满头精致的白发一丝不乱。

他开玩笑地反问："你还有不明白的事吗？"

"案情还是了解的，就是这个不太懂。"十津川说着把绿子的日记递给川井。

"哦，还是一本女性日记呢！"

"我想请您帮助分析日记里写的人的心理状态。"

"如此说来，这本日记应该还是写得蛮有意思的。"

"是的。"

川井坐在椅子上，开始认真地阅读日记。

十津川坐在一旁耐心地等待。

大约过了一个多小时，川井突然起身走进里屋。

不一会儿，他出来把一本笔记本交给十津川："请你看看这个吧。"

十津川颇感意外："好像是日记本。"

川井郑重地说道："这也是一个年轻女性写的日记。"

十津川快速地翻阅起日记。最初引起他注意的是满篇都是娟秀细小的文字，和绿子写的几乎一模一样。接着，其中的一篇日记使他产生了浓厚的兴趣：

四月六日（星期一）

今天，那个男子也在暗中等着我。他总是躲在电线杆的阴影下面用邪恶的目光看着我，在他的注视下，我全身发抖，仿佛赤裸着身体无处遁逃。他以后还会跟踪我，他的气息使我的脖颈阵阵发凉，总有一天会暴力侵犯我吧。他一定会蛮横地脱下我的衣裙，把我压在地上……

十津川问川井："那个男子后来怎样了？"

"被写日记的女人用刀捅死了。"

"那个男子真的强暴了她？"

"没有，估计那个男子至死都不明白女人为什么要杀害他。"

3

十津川问："难道这一切都是写日记的女人凭空想象的吗？"

川井点点头："是的，这种现象也可称为妄想症。有意思的是这个女人居然把自己的想象当作不可否认的事实写在日记上，无论怎样劝说都没用。这个女人作案后，办案的警官告诉她被害的男子和她毫无关系，依然没有解开心结。"

"这是一种精神异常的现象吗？"

"从她杀害无辜的男子来看，确实属于精神异常，但在其他方面她完全是正常的女人，不仅头脑聪明，也能理性地考虑问题。"

"她为什么会对被害的对象产生种种妄想呢？"

"可能有各种各样的理由。比如，她很害怕被人强奸，也许从小有过类似的经历。经过调查，发现她小时候曾目睹了母亲被强盗强奸的情景，所以从那时起就对男性产生了恐怖感，把男女的性事和强奸、暴行牢牢地连接在一起。"

"原来如此！"

川井继续说道："她对男女性事和异性有一种逆反的心理，在认知上产生了严重的偏差，把经常见到的男性视作加害者，怀疑他时刻会袭击自己，而且认定这是现实的存在。"

十津川又问："你对我带来的这本日记的主人是怎么看的？"

"这个人性格内向，有强烈的空想癖。估计她相貌平常，却痴想着常受到男人的邀约，得到男人的情爱，以此自我陶醉。随着时间的推移，这种感觉会越来越强烈，最后把自己的空想世界误当作现实的世界。如果她有特定的对象，这种现实化的进程还会来得更快。"

"你对她在日记中写的内容是怎么看的？"

"这种人一直生活在空想之中，往往把自己感兴趣的东西写在日记里，并认为这是现实中确实存在的。其实，这是一种自我迷恋，是很可笑的行为。"

"这只是她自己认为的现实世界？"

"是的，可悲的是，除了她自己，别人都不认同。"

十津川感到茅塞顿开，激动地说道："太感谢了，川井先生！"

川井笑问："这对你有帮助吗？"

"帮助太大了！"

"我认为这本日记就是她犯罪的根源。"

"是啊，可惜我们知道得太晚，它已成为多幕悲剧的根源。有了您的指点，我对破案更有信心了。"十津川诚挚地说道。

4

十津川回到搜查本部后，对先回来的龟井说了川井医生的观点。

龟井听了似乎兴趣不大，只是泛泛地说："这倒有点意思，难道是这个连续杀人事件的根源吗？"

十津川没有立刻表态，他严肃地说道："现在有两个问题必须马上解决。"

"哪两个问题？"

"这个根源产生后，并没有马上到杀人的地步，它是如何逐步发展的，我们要搞清楚。"

龟井性急地补充道："第二个问题我知道，如果绿子是罪犯，她是怎么杀死由纪的呢？"

十津川微微一笑："你说得没错。我们应该立刻重新验证她的所谓不在现场的证明。"

龟井拿出笔记本，一边看着上面记录的数字，一边说："在出事的那一天，阿部夫妇先在水户火车站为矢代等人送行，然后回到自己的茶室，和商店街的干事们碰面。会议结束后，阿部单独驾车去东京购买咖啡豆，到深夜才回家。"

十津川说："阿部到了东京，和商行老板一起在晚上喝酒，这已经确认过了。"

龟井表示同意："是的，阿部不在现场的证明是完整的。"

"看来问题出在绿子身上。"十津川随即在办公桌上摊开了列车时刻表。

根据原来的推测，十一月八日，阿部夫妇在水户火车站为乘坐十三点三十三分列车的矢代等人送行，然后乘常磐线的特快列车"常陆号"折返上野，换乘从上野发车的东北新干线高铁，就能提前到达福岛。

十津川的心中升起了一个疑问：如果绿子在水户待到下午三点，也能利用这个方法提前到福岛吗？

他迅速地翻到常磐线的页面，找到了下午三点从水户发车的"常陆24号"特快列车。他心里很清楚，这是最后的机会，如果这班列车不行，下个班次要在三个小时之后才发车，肯定来不及了。

他们赶紧查了"常陆24号"到达上野的时间。

列车于十六点二十分钟到达上野。

接着，又翻到东北新干线的页面。

那儿有十六点三十分发车的"回声141号"，只有十分钟的换乘时间。

"回声141号"到达福岛的时间是十八点零九分。

"啊，时间来得及！"十津川不由得叫出声来。

矢代一行到达福岛的时间是十八点十九分，绿子比他们提前十分钟到达。

接着，他们着手解决绿子在饭坂温泉杀了由纪，能否在当天返回水户的问题。

根据当地警方推算，由纪大约在晚上六点四十分到七点的时间段遇害。

如果她晚上七点左右在饭坂温泉杀了由纪，即使让出租车在外面等着，最快也要到七点二十分钟回到福岛火车站。如果在六点五十分杀了由纪，到福岛火车站的时间应该是七点十五分左右。

福岛火车站有一班十九点二十一分发车的"新绿224号"特快列车，二十一点二十二分到达上野。常磐线的下行线有二十一点三十分发车的"常陆47号"，如果乘上它就能在二十二点五十五分返回水户。

十津川问："商店街的干事们证言开会到下午三点，是一分不差的三点吗？"

龟井答："不可能那么精确，只能说是三点左右吧。"

"如果会议提前十分钟结束的话，绿子就能乘上下午三点从水户发车的'常陆24号'。"

"这样她就能在饭坂温泉杀了由纪，并在深夜返回水户。"

"绿子一定是采用这个方法去饭坂温泉杀了由纪的。"

"那么绿子的作案动机是什么？我们已经搞清了绿子杀由纪的理由。绿子深爱着矢代，自以为矢代也爱着她，于是由纪成了他们相爱的最大障碍，非除掉不可。但她为什么还要杀其他人呢？"

"这就是那个犯罪根源恶性膨胀的结果。绿子觉得日记中写的不是个人妄想，是事实。在她的眼里，是其他人促成了由纪和矢代的结合，他们的行为直接妨碍了自己和矢代的恋爱。"

"有道理！"

"所以她恨由纪、原田和田村，甚至所有人。"

龟井半信半疑地问道："难道这五年来，她一直在寻找下手的机会吗？"

十津川点起一支烟："应该是的吧。五年前，绿子在日记里不断地记下矢代爱自己的内容，而且一直深信不疑。到了现在，她不也没有丝毫的改变吗？"

龟井一脸的疑惑："这话怎么说？"

"这五年来，虽然没有再见矢代，绿子却一刻都没忘记他，并且进一步扩大她的妄想。比如，她会觉得矢代虽然和由纪结婚了，但没有忘记和自己的旧情，想方设法地要和由纪离婚，夫妻的关系非常差，经常吵架。由纪不答应矢代离婚的要求，那些旧友又都是由纪的帮手，联合起来压制矢代。所以绿子非常愤怒，决心出手帮助矢代，杀死以由纪为首的一伙人。绿子就这样想着，终于酿成了这起巨大的命案。"

龟井彻底信服："现在终于知道绿子连续杀人的理由了。不过，我还有一事不明，田村在案中到底起了什么作用呢？"

十津川想了想，若有所悟地说道："现在我终于想起来了，田村事业失败后，从横滨逃到东京，有个女人曾给予他各种帮助。"

龟井也豁然开朗："对了，不是说有个相貌普通的女人帮助田村租房吗？难道就是她？"

"对了，我猜想就是绿子。她在田村落魄的时候伸出援手，就是想利用对方报恩的想法，操控田村以后为她办事。"

"她的确很有心计，而且可以冠冕堂皇地对阿部说是帮助过去的旧友。"

"我们都低估了这个女人的能量。现在想来，由丈夫阿部出面邀请五年未见的矢代夫妇去东北旅行也是她的主意。"

"肯定是的，她正好利用这次机会实施杀人计划。"

"这也是从由纪手中抢夺矢代的计划。"

龟井又问："在天童杀了失去利用价值的田村，后又杀了局外人加藤敬子，这些凶案也是绿子干的？"

"当然是她！"

"杀敬子的理由是什么呢？"

"原先我不清楚敬子的直觉是什么，现在终于想明白了。原来她发觉绿子看矢代的眼神不对。其他的男人，包括矢代都没注意到这一点，这也是理所当然的。矢代和绿子没有暧昧关系，又知道她已和阿部结了婚，自然不会有非分的想法。而敬子是个女人，自然比男人更有敏感性，她发觉绿子看矢代的眼神里充满着炽热的情意，就感到里面大有问题，所以就去水户找绿子问个明白。绿子感到危机已经来临，就毫不犹豫地杀害了敬子。"

"再问一个问题，阿部是自杀的吗？"

"没错，他的确是自杀的。估计阿部在一连串的凶案发生后开始怀疑绿子，并在暗中进行调查。当他看了绿子的日记后，终于知道了案情的真相，在绝望中走上了自杀的不归路。"

龟井忍不住又问："这次警方把矢代当作嫌犯逮捕是绿子没想到的吧？"

"最初是这样的。"

"只是最初吗？"

"前天和她见面时，我们告诉她矢代可能被起诉的消息，没想到她似乎心情很好。现在也明白了其中的奥秘。如果矢代被判死刑，当然很伤心，要是入监服徒刑，就再也不用担心矢代被其他的女人抢走了，后半生只能依靠她了，所以绿子就喜出望外了。"

龟井惊得吐了吐舌头："怎么会有这样的女人？！"

最后，十津川果断地说道："既然真相已经大白，我们必须马上去福岛告诉当地警署，立刻释放矢代！"

十津川和龟井随即乘上东北新干线的高铁，直接驶向福岛。

当天下午，他们到达福岛，立刻去了县警署。

十津川对他们讲了自己的推理，并让他们看了带去的绿子日记。

警署的本部长和最初担任案件调查负责人的户田警长都听了

十津川的推理，也看了绿子的日记。

本部长长叹了一口气："原来如此！绿子是真正的罪犯，矢代是清白的。"

十津川焦急地问道："现在能释放矢代吗？"

本部长摇摇头："还不能，关键是没有证据。你否定了绿子不在现场的证明，带来的绿子日记也很有价值，但起决定作用的还是证据。"

5

两人走出了县警署。

龟井对十津川发着牢骚："真难办呢！"

十津川解释道："我们要理解县警署的想法，虽然否定了绿子不在现场的证明，也知道了她的作案动机，但是他们把矢代当作罪犯逮捕也是有一定道理的。如果矢代和妻子由纪的关系很坏，就有杀妻的理由，后来的连续杀人也可看作是矢代杀人灭口的举动。再说由纪的被杀案发生在福岛，当地警署光以杀妻的嫌疑就能逮捕他，而且他有杀妻的动机，又没有不在现场的证明。"

龟井还是想不通："现在已经真相大白了，绿子就是罪犯，否则就无法解释阿部自杀的理由了。"

"你说得也对，可是……"

"不就是要证据吗？"

"是的。阿部自杀的理由，也许和我们的猜想完全不同，也许他早知道妻子绿子一直没有忘情矢代。尽管如此，也不能成为否定矢代是罪犯的理由。"

龟井十分可惜地说道："我们怎么办？好不容易确信绿子是罪犯又泡汤了。"

"是啊，该怎么办才好呢？"十津川双臂相交地沉思着。

虽然确信绿子是罪犯，却不能逮捕，也没能说服福岛和山形两县的警署。

龟井问："我们是否先去寻找案件的目击者？"

十津川猛地一激灵："目击者？"

龟井自信地点点头："绿子多半是在水户地区杀害敬子的吧，因为她把敬子的尸体丢弃在荒川的水渠里。那儿是我们警视厅管辖的地方，可以自由地搜查，也许能找到绿子抛尸的目击者。只要有了目击者，绿子才会彻底绝望，如实招供全部的作案经过。"

十津川有些将信将疑："真的会有目击者吗？"

"有没有不知道，找了再说吧！"

"我估计她的丈夫阿部就是目击者。"

"啊？！"

"这也许就是他自杀的原因。因为知道妻子就是杀人犯，自己又没有向警方告发的勇气，只好绝望地自杀了。"

"难道警长认为已经找不到真正的目击者了？"

"因为她精心设计了这场谋杀。"

"我们该怎么办？"

"只有一种方法才能解开谜团。"

"什么方法？"

"查阅她的日记。"

"她的日记不是已经看过了吗？"

"那是她大学时代写的日记，如果她一直坚持写日记的话，一定会在日记里记述杀害敬子的过程。"

"她会坚持写吗？"

"从写日记的习惯来看，她极有可能继续写下去。"

"她会在日记里明确地承认自己杀了敬子吗？"

"具体怎样写我不知道，但知道她是个很执着的人。她把爱恋矢代的妄想当作现实写在日记里，即使毕业分离也难以忘怀。所以我觉得她会坚持写日记的。"

"她会同意让我们看最近写的日记吗？"

"估计不会同意。"

"怎样才能看到这部分的日记呢？"

"我也不知道。"十津川遗憾地回答。

6

当天夜晚，两人就在福岛市内的宾馆住宿。

第二天早晨，十津川一觉醒来，发现睡在邻床的龟井不见了。

听说龟井最近开始晨练，所以认为他可能在宾馆的附近跑步锻炼身体。

等了半天，始终不见龟井回来。

十津川急了，慌忙去服务台打听，服务员说龟井已经提前退房回去了。

服务员补充道："龟井先生特意关照，不要打电话告诉他同行的朋友。"

十津川感到很沮丧，匆匆地打点行囊后离开了宾馆。

他不知道龟井去了哪儿，也不知道龟井为什么一个人提前离开宾馆。

这时候，十津川突然醒悟过来。龟井一定去了水户，偷偷地溜进绿子的家，试图盗取绿子最近写的日记。他之所以独自前行，就是怕自己不法侵入的罪名一旦成立，会把十津川也牵涉进去。

十津川越想越急，到了火车站匆忙地乘上了去上野的新干线高铁。

"龟井君，千万别干傻事！"他在车厢里默默地祈祷着。

高铁到达上野后，十津川又迅速转乘去水户的"常陆号"特快列车。过了中午十二点，终于抵达水户火车站。

十津川顾不上吃午餐，直接朝阿部夫妇开的茶馆飞奔而去，她家就在茶馆的二楼。

刚跑到茶馆的门口，就看到龟井站在那儿。

龟井也看到了他，高兴地扬起了手。

十津川走近后，龟井不好意思地说道："对不起，我不打招呼就离开了宾馆。"

十津川满不在乎地笑了笑："那没什么。"

龟井得意地说："这次来还是有收获的，我把东西弄到手了，就是警长说的绿子最近写的日记。"

他说着，拿出了一本日记本。

十津川看也没看就皱起了眉头："难道你……"

"你说什么？"

"这不是非法侵入民宅吗？"

"没关系的！"

"真的吗？"

"我最初是想偷偷地溜进她家里的，后来觉得不妥，就没有行动。到了水户火车站，我先给她打了电话，说要借最近写的日记作为参考。谁知电话突然断了，我急忙赶到她家里，发现她正要烧日记本。我大喝一声，她就慌慌张张地逃跑了，于是就把这本眼看要烧毁的日记本抢救出来，幸好只烧了封面的一角。"

"她逃到哪儿去了？"

"不知道。当时情况紧急，我首先想把日记抢出来。"

"这太好了！"十津川由衷地赞叹道。

7

十一月八日（夜）

今天，我把那个女人杀了。五年来，她一直妨碍我和矢代相爱，实在该死！她不爱矢代，只是为了让我难堪才和矢代结婚，想方设法地束缚他的自由。矢代该是多么讨厌这样的婚姻啊。我一直在想，矢代还会继续爱我吗？昨天，我和他相隔五年终于重逢，凭我的直觉找到了答案。

当我俩眼对眼深情相望的时候，我明白他直到现在还爱着我。那时，我的胸中涌动着爱的激情，事实证明我的想法是正确的。那个她可能有所察觉，恶狠狠地睨视着我。如果我不杀了她，充满妒恨的她一定会杀了我。总而言之，我的行动是正当防卫。丈夫毫无察觉地在旁边酣睡，真是个感觉迟钝的笨蛋，越来越让我厌烦了。

十一月十二日（夜）

今天杀了原田。

矢代的亲友一定会为之欢呼吧？他们都应该记得矢代是多么讨厌和由纪的婚姻，就是这个该死的原田硬把他们两人撮合在一起的。这个钝感的家伙根本不知道他是如何伤害我和矢代，我很早就对他痛恨不已，今天更是这样。由纪死了，矢代终于解放了，他是那样地开心。可恶的原田却老是嘀咕矢代多么悲痛，由纪多么可怜，我看他越来越不顺眼，除掉他是理所当然的事。

十一月十三日（夜）

田村！

愚蠢的田村！

当他事业失败，大家都不理他的时候，是我及时地伸出了援手。我不要他报恩，只要完成我拜托的事就行。

他神秘地出现，又神秘地消失，这样做真不错。没想到他竟然把我叫到舞鹤公园，开始了陈腐的说教。说什么矢代和由纪是一对好夫妻，把她杀害太可怜了。这是什么话？简直愚蠢透顶！

矢代讨厌那个女人，结婚后后悔不已，这不是大家都看到的事实吗？田村偏偏要睁着眼睛说瞎话，编造出他们夫妻相爱的谎言。我最恨这样的人，所以就果断地采取了行动，用石头砸了他的后脑勺，并把他推下悬崖。撒谎者死了也活该！

十津川迅速地翻动日记，终于翻到了杀害加藤敬子的章节。

除了日期的变化，她的记述非常简单：由于敬子撒谎，我一生气就杀了她。

她为什么要撒谎？为什么说那个女人死后矢代是不幸的？为什么说要妨碍我和矢代的幸福？

日记里连用三个疑问句似有深意。

龟井说："我感到她的心态变了，与其说是自供犯罪，不如说她在宣扬自己的爱是正确的。"

十津川说："是啊，她一定认为自己做了多么正确的事情。"

"难道她觉得自己和矢代的爱情故事接近圆满了？"

"也许是这样的。"

"福岛和山形的警署能够接受这个结果吗？我不知道能否很好地向他们说明绿子内心的想法。"

十津川坚定地说："不去管他，我们先去福岛叫他们把矢代放了吧。"

"绿子还在潜逃，该怎么办？"

"放在后面逮捕也没关系，因为她已经没有可杀之人了。"

两人带着绿子的最新日记去了福岛，并请山形县警署的中村警长也来福岛碰面，让他们阅读绿子写的日记。

两县的警长看后都不住地嗟叹："这样的自供状还是第一次看到。"

十津川趁热打铁，"你们都明白这是绿子的自供状，已经没有疑义了。"

事后，福岛县警署很快释放了被逮捕的矢代。

十津川让矢代看了绿子的日记。

矢代看完后，说出一句十津川预料之中的话来："真不敢相信会有这样的事！"

警方对绿子的行踪展开了大规模的搜索，始终不知道她的下落。

两天之后有人向警方举报，说一个年轻的女人在伊豆修善寺温泉旅馆的客房里上吊自杀，并留下了一封遗书，寄送对象是矢代。

遗书是这样写的：

我在修善寺旅馆给你写这封信。我俩曾在这家旅馆度过三天美好的时光，给我留下了永恒的记忆。虽然早就应该和你结为连理，但由于存在着各种各样的妨碍因素，至今都未能如愿，真是遗憾。我一直深爱着你，请你也一样矢志不渝地挚爱我。我即将含笑赴死，没有恐惧和悲伤，因为阻止我们相爱的人都不存在了。

龟井对十津川说："矢代说他从没有和绿子一起去过修善寺。"

"是吗？"十津川只是简单地回了一句。

他突然感到绿子是个多么可怜的女人。

善 良 者

（日）凑佳苗

某日晚上九点之后，N县N市的"自然森林公园"里发生了一起凶杀案。工作人员在公园的烧烤广场里发现了奥山友彦（25岁）的尸体，奥山的胸部和腹部都留下了多处刀伤。警方当即对与奥山同来烧烤广场的一名年轻女子（23岁）进行了详细的调查。

证言1 母亲

友彦是个乖孩子，没有什么叛逆期，对我们大人从不大声说话，一向很懂事，就是没有自己的主张，真让我们当父母的着急。住宅区的小孩聚会时常会分发糕点吧？如果全部是同一个味的当然没必要急着去拿，但是分发的糕点大多准备了不同滋味的种类。比如，炸薯片就有普通的盐味、肉味，还有海苔味的……其他的孩子都拿了自己喜欢的炸薯片走了，只有我的孩子像往常一样落在最后。我还以为他真的喜欢别的滋味，问了之后大吃一惊，他文静地笑着说自己也喜欢这种滋味的薯片。

我一直担心这样的孩子能否适应当下激烈的竞争社会。他后来的表现终于打消了父母的顾虑，不但学习好，电脑也玩得很溜，大学毕业后进了业界有名的大公司工作。小时候，他从不带朋友到家里来，进了公司后却常常提起朋友的事，所以我觉得孩子除了少许有点孤单之外，已经没有什么需要父母担心的事了。

你们问他交的什么朋友，自然是通过互联网认识的那些人。有时候他的朋友还会通过快递送来鲥鱼寿司，他们经常互相赠送有气味的食品。总而言之，我的孩子就喜欢那样，当他给朋友送去咸圆鲹鱼干时，还会乐得哈哈大笑。我们夫妇也附和他，连连说："太臭了！太臭了！"那时候，我们的家庭生活又热闹又快乐，现在想想真是恋恋不舍。他和公司里的同事也相处得很好。有一天，快递公司送来了儿子网购的一大堆东西，其中包括一整套的烧烤器具。儿子的那些年轻同事闻讯后立刻赶到我家，起劲地帮助拆卸烧烤器具的外包装。至于他是否喜欢野外活动倒不好说，平时几乎连休息天都宅在家里。尽管如此，他却经常表情生动地对我们谈起野外活动的各种趣事。我万万没想到这么乖的孩子会在"自然森林公园"的烧烤广场出事，难不成……

我知道儿子迟早要和我们分开过的，也很想早日抱上孙子。为了实现这个愿望，我特意多次托熟人帮儿子介绍对象，希望尽早把一个可爱的新娘迎进门，但是每次努力都失败了。我的儿子不善言辞，决断力又弱，这在现在简直是个灾难。那些女孩子只考虑当下的快乐，哪会想到和友彦这样优秀的男孩结婚后的种种好处？她们只喜欢那些又会说话又风趣的男孩子。不过我并不着急，现在的社会都流行晚婚，女孩子只要上点年纪就会看好友彦这样的人。

友彦说他最近要带一个女孩来家，我听了非常高兴，简直怀疑自己的耳朵，难道是在做梦吗？我问他是个怎样的女孩，他说对方非常优秀。我的儿子这么优秀，说对方优秀一定不会错，所以我真是喜不自禁。友彦还给我看了他用手机拍的那个女孩的照片，果然不出所料，真的好可爱。

谁知事与愿违，那个叫樋口明日实的女孩太可怕了……简直是个恶魔。

＊　　　＊　　　＊

我已经成了这个杀人事件的嫌疑人，友彦的母亲在法庭上对着我流泪做出了证言，试图说明我怎么会成为干出这种坏事的恶人。她还说并不强烈希望自己的孩子在学习和体育运动上名列第一，只求能培养出自己心目中优秀的孩子……

她的证言没有错，作为最早的回忆，甚至追溯到友彦上幼儿园的时候。

我的情况也大致相同。从小住在住宅区里，每天早上必须和同一住宅区的小孩们一起排着队集体上幼儿园。我家附近的幼儿园实行年幼、年长两班制，同一住宅区里共有十名小孩上那所幼儿园。每次上幼儿园时，轮流有两名家长当我们的保护者，分别走在队伍的最前列和最后面，孩子们就在中间排成两列队伍向前走。也许是为了防止走在车道边的孩子突然走散，也许是没有理由的自行决定，家长规定我们走路时必须牵着旁边孩子的小手。从住宅区到幼儿园大约有八百米的路程，小孩步行的时间是十五到二十分钟，但我当时的感觉似乎是一个小时或者更长的时间。

在我排队上幼儿园的第一天，一个年长班的孩子妈妈说由她来决定排队的顺序。一般来说，都是根据孩子的身高排队的，我长得矮小，就紧紧地抓住了一个平时和我关系很好、名叫夏树的小孩的手，谁知后面突然传来一个小孩火急火燎的哭声。哭泣者是和我同在年幼班的唯香，她因为不愿意和年长班的幸直牵手，就放声大哭起来，说一定要和夏树在一起。

站在远处观望的妈妈看到这个情景，立刻走到我的面前大声

165

说:"明日实,你和她换一下!"

妈妈为什么要这样说?不是商量,完全是命令的口气。这也是她对我的习惯用语,即使声音再柔和,也改变不了命令式的语态。我当时还以为大人对小孩都是这样说话的。

"这样……好吗?"唯香的妈妈有些不好意思地问道。

妈妈得意地仰起头:"没关系,我平时就教育明日实对谁都要好。"

听了妈妈的话,幸直的妈妈也许会很生气,因为她已经很注意了,在小孩子集合之前就把幸直的鼻涕擦干净了。幸直长得实在太胖,人也很邋遢,鼻子下面总是流着鼻涕,牢牢粘着的白色涕痕擦也擦不掉。

说实在的,我也喜欢和夏树结伴同行,但是还没有等我开口,唯香就把我和夏树分开了,而且还紧紧地抓住夏树的手,一步也不肯离开。

我快快地排到队伍的后面,唯香也没说一句感谢的话,又朝妈妈那儿看了一眼,见她满意地对我点点头。

"我们牵手吧!"我向幸直伸出手去。

"啊,你也是女孩子?"他像碰到脏东西似的推开了我的手。

不一会儿,幸直故意大声地问我,好像要让大家都听到:"你能忍受我吗?"我未及回答,他就紧紧地抓住了我的手。那是一只温暖、湿润的手。

尽管如此,我没有想哭的厌恶感。我们只是在路上暂时牵手,并没有要求两人在一天内必须待在一起,也不要求两人必须共同做作业,幸直的鼻涕虽然很脏,也不会粘到我的手上。

从幼儿园回家后,妈妈买了我最喜欢的奶油泡芙。也许是因为我听了她的话,自觉地换了牵手的同伴,特意买来奖赏我的吧?

从那以后,我每天理所当然地牵着幸直的手排队上幼儿园。

由于路途较远，我们在路上也会小声地说话。他问："你喜欢什么？"我回答："皮卡丘。"于是他开始随意地叫我"皮卡丘"，我听了不觉得难受，也没有阻止他。我问："你喜欢什么？"他没有回答。其实我很希望能听到幸直说我一声"好"，但他始终没有，甚至没有直接叫过我的名字。这究竟是为什么我已经想不起来了，当然我也不会怪他。

每逢下雨天，我们都要打伞，小朋友们就不再牵手，每人打着伞排成一列纵队上幼儿园。早晨下雨虽然使我很开心，但我还是觉得最好和幸直牵着手走路。天气热了，幸直的手就会变得很湿润，也许是汗水渗出的缘故吧？但还没等到我产生厌恶的感觉，幼儿园就放暑假了。天气凉了，幸直的鼻涕开始增多。我觉得实在太脏了，忍不住从口袋里掏出几张餐巾纸递给他，小声地说道："快把鼻涕擦了吧！"

幸直有些不情愿地拿了一张餐巾纸擦了擦鼻子的下面，然后把脏了的纸片和未使用的餐巾纸胡乱地塞入自己的口袋里，没好气地反问我："这样可以了吧？"

我默默地点了点头，心里有些后悔，要是刚才不把几张餐巾纸揉成团交给他，只给他一张就好了。

晚上回家后，妈妈发现我外衣口袋里原来放着的餐巾纸没有了，问我怎么回事，我说都给幸直了。妈妈不但没有责怪，还表扬了我。

到了冬天，天气变得寒冷，我们不得不戴上手套上幼儿园。在这样的环境下，手上出汗已经无所谓了，就是流鼻涕的现象日趋严重，往往三天就会流一次。因此，许多小朋友在上幼儿园之前就把鼻子下面使劲地擦干净，每个人的脸上都留着擦得红红的部位，被寒风一吹，往往有微微的刺痛感。现在想来，小孩子流鼻涕也是蛮有趣的，与其说肮脏，毋宁说显得更可爱，所以我那时已不再向幸直提出"你怎么不擦鼻涕"的问题了。

一年过去了。到了第二年的二月底，我患了感冒。当时幼儿园内正流行病毒性感冒和肠炎，我过去从未患过，这次不幸中了彩，只觉得身体状况还可以，就是体温有点偏高，头脑昏昏沉沉的，心里很难受。

那天早晨，测得体温三十六度八，我为了获得全勤表扬还是坚持上幼儿园，妈妈那天不上班，就陪我去集合点。我原以为自己身体不好，妈妈会理所当然地搀着我的手，谁知她只简短地说了声"到后面排队去"，就让我像往常一样进入队列。

"讨厌！"我望着妈妈离去的背影忍不住哭叫起来，"妈妈不牵我的手，我就不走了！"

"你怎么啦，皮卡丘？"幸直小心翼翼地看着我的脸，担心地牵着我的手。那一天天很冷，我们两人都没有戴手套，两只赤裸的小手牵在一起很不爽，我猛然挣脱他的手，高声大叫："讨厌！"

幸直的脸霎时变得通红，也许他觉得我很可怕，双手使劲地把我推倒在地上，我一屁股坐着哇哇大哭。妈妈听到哭声后立刻赶了过来，把我扶起来，轻轻地拍去裤子上的泥土。遭受两次打击的我这才转哭为喜，静静地等待着妈妈的好语安慰。只要她说一声"不要紧吧"或者"不疼了吗"，我就心满意足了，但是妈妈没有说，反而向幸直郑重地道歉："幸直，对不起，明日实今天感冒了，有八分的热度。"

幸直的妈妈那天要上班，没来集合的现场，所以妈妈觉得必须直接对幸直说声"对不起"。

把自己女儿推倒在地上还要向他道歉？我怎么也理解不了。直到现在我才为当时拒绝向幸直道歉感到愧疚，也许妈妈这样做有她自己的想法，希望让周边的大人见了也能竞相仿效。但是这也太不公平了，难道自己的女儿就不能因身体不适而发脾气吗？

幸直听了妈妈的话后，一边擦着鼻涕，一边抽抽搭搭地哭了起来。

"好了，不要哭了，让明日实也向你赔个不是吧。"

妈妈说着，半强制地按着我的头向他道歉，我抽泣着说了声"对不起"。

幸直用手腕擦拭着眼泪和鼻涕，转过头睨视着我们。妈妈注意到了他的表情，急忙向旁边的其他家长赔着笑脸说："我女儿身体有病，今天还是让她在家休息吧。"说着，她就拉着我的手回家了。

回到家后，妈妈没有特别发火，只对我说："快换上睡衣睡觉！"她的声音不大，但明显带着不悦。

我躺在床上，开始反省早上所做的不文明的错事，后悔自己怎么会这样做的。想着想着不由得悲从中来，一人钻在被窝里不停地抽泣。

第二天，我去上幼儿园的集合点，心里老觉得不安，担心幸直还在生我的气。

幸直没有来。快要到出发时间了，幸直的妈妈终于来了。她说："幸直不喜欢集体排队去幼儿园，今天我骑自行车直接带他去。"言下之意就是以后再也不来集合点了。

当她准备转身离开的时候，妈妈向她低头致歉，轻轻地说了声"对不起"。

由于年长班少了一个小孩，我就和唯香在一起，夏树一人跟在后面。我们两人戴着手套牵手而行，唯香一个劲地问我："你感冒好了吗？"

"好了！好了！"我欢蹦乱跳地回答，心想要是一开始和唯香牵手就好了。

不多一会儿，幸直乘坐的自行车超过了我们行走的队伍，他故意把头躲在妈妈的背后，遮住自己的脸。

当我的目光追着幸直的背影时，唯香又说话了："这都是你不好。"

妈妈和在集合点的其他家长们一定也是这么想的。后来，幸直直到离开幼儿园都没再来过集合点。

证言 2　老师

我在奥山友彦上三年级到六年级期间担任过他的班主任，他给我最初的印象是一个非常老实的学生。

你问他上课时为什么从不主动发言，这个问题很难回答。就是那些积极发言的学生当中，也有五六个人进步很慢。其实，对于简单的问题，那些不举手回答的学生也能求出正确答案，只要上课时用心听讲就是了。友彦就是属于这种情况，老师指名要他答题他会站起来回答，但是脸涨得通红，往往还会拼命地擦着额头上的汗水。虽然能正确地答题，但只要发现其他同学都看着他，就会显得很慌张，好像脑子里一片空白，看来还是过于紧张的关系。

他不擅长体育运动，但也不是全都不喜欢，好像特别乐于参加运动会的交谊舞。他不喜欢壁球运动，尤其讨厌向对方投球，碰到这种情况就一味地逃避，甚至从场内逃到场外，传球的时候也只是敷衍了事，把球传给自己的同伴。过去用的不是硬球是软球，但他还是不喜欢，十分为难地说："虽然球打在身上不疼，难道就真的忍心把球投向对方？"他真是个心慈手软的好孩子。

对于他的学习我丝毫不担心，因为他学习很刻苦，就是休息的时候也总是一人独自苦思冥想。午休时，全班同学都出去参加活动了，只有他待在教室里想着学习上的事。其实，并不是每次休息都有什么大事要做，但他就是这样的人，除了上厕所要班里的同学陪他一起去之外，其他时间就喜欢一个人独处，你说怪不怪？友彦喜欢看书，但不合群，只会远远地不无羡慕地看着同学们欢声笑语的热闹场景，简直像个另类的学生。其实，他和同学们并无矛盾，就是太害羞了，所以一直进不了喜欢大声交谈的同学圈。我认为，对这样的学生应该关注，如果漠不关心就会因误解而伤害他，使他不能正确地对待身边的人和事，所以对学生的预测和判断是十分重要的。可惜，现在的学校不同以往，那些缺乏想象力、无法预测到事故苗子的青年教师不断增多，这是个令人担心的现象。

我从来不对友彦大声说"你必须努力"这样的话。对普通的孩子来说或许很简单，只要督促他"你必须自己行动起来"就可以了，但对行为乖张、性格孤僻的孩子就不能这样粗暴行事。他的内心很封闭，就是把刀架在脖子上也没有用。我曾想在班内的学生中挑选一名能牵着友彦之手的同学，但又担心如果选择不慎反而把事情搞糟。要是选一名班干部，还可能给友彦带来压力，所以挑选这样的人非常困难。由于种种原因，这个想法还是落空了。好在我看好的友彦最后没有辜负我的期望，他不仅适应了班内的集体生活，还经常看到他快乐的笑脸。

友彦上六年级的时候，我再一次担任了他的班主任。那时已经没有什么牵挂的了，他学习主动上进，在上课时积极举手发言。

这个小孩已经没有问题了，应该把他送出学校展翅高飞……我这样想着，心里感到莫大的安慰。

自己的学生在我前头突然死了，对我这个老师来说是个意外，但也算不上一件憾事，况且这个好学生被杀想必也一定有不为人知的理由。听说罪犯就是和友彦交往的女友，要是我能为友彦介绍女朋友的话……现在后悔也没有办法了。

*　　　*　　　*

　　大概是我上小学四年级时候的事吧？根据班级的混合点名簿的排座顺序，我后面的座位坐着一个名叫修造的同学。也许是他身体虚弱的缘故，每两周总要发生一次呕吐，而且都在午餐后，刚上第五节课不久就发生了。这种病况和个人嗜好没有关系，一定是吃了和他身体不适合的食物才发病的。在普遍重视食物过敏症的今天，人们往往会想到这一点，但在当时根本没有这种观念，只觉得呕吐的原因不在学校，是他体质差所引起的。

　　刚开始，我还不知道究竟发生了什么事。只是在上课的时候，突然听到后面的修造发出"咯咯咯"如同青蛙鸣叫的声音。与此同时，教室的空气中弥漫着一股酸臭的气味。坐在修造旁边的一个女生突然惊叫着站起身来。坐在我旁边座位的一个男生以前和修造待过同一个班级，他没有惊慌失措，只是紧绷着脸，见怪不怪地自语道："怎么又来了？"

　　"你们快去拿抹布来！"

　　老师的话音刚落，就有三个女同学立刻离开座位，去走廊拿了几块抹布和一个水桶赶到修造的座位旁边。老师也许知道修造的体质，他戴着橡皮手套走过来，却要求三个女同学直接用手拿着抹布擦去地上的呕吐物。

　　"明日实，你也过来！"

　　正在座位上傻乎乎地坐着的我听到老师一声令下，慌忙过去拿着抹布和三个女同学一起擦着地板。这时候，坐在我旁边座位的男生不顾一切地移动了那个哭泣女生的课桌，但老师没有叫他过来帮忙。我猜不透老师的狡猾心思，反而对一些从前面座位过来帮忙的同学大感钦佩。他们都是本学期学级委员的候选人，个个劲头十足。率先带头的是班长千沙，他是全班最聪明的人，在同学中威信很高。

老师在放学前的班会上让几个清扫呕吐物的女同学（当然也包括我）站成一排，进行公开的表扬。他说："修造回去后，有许多人不满地说又脏又臭，这种说法是不对的。修造身体不适，上课时突然呕吐也是没办法的事。如果你们去很远的地方旅行，在长途汽车上也会感到不舒服，也会发生呕吐，要是旁边的人显出厌恶的态度，你会怎么想呢？所以请大家好好想一下。看到别人不适，不要厌恶埋怨，应该立刻上前帮助他，这样的人才是优秀的人。我希望这样的善心应该在全班发扬、推广，形成良好的风气。"

老师的一番话博得了全班同学的热烈掌声，大家都表示要继续做这样的好事。我这才明白老师的用意，似乎是在举行确认呕吐物清扫员的仪式。没过多久，那个爱哭的女孩哭丧着脸对老师说自己的视力很差，想换到第一排的座位。其实，她原本就没有坐在最后排的座位，而是前面的第三排，所以她的理由不充分，明显是厌恶坐在旁边的修造。

我坐在靠近走廊的第一排座位上，而且是第一排中个子最矮小的学生。老师巡视着第一排，从靠近走廊的座位一直看到靠近阳台的座位，他的目光最后又落到靠近走廊的座位上。

"明日实，你和她换个座位！"老师扯起嗓子叫道。

其他同学都没有像我那样早早地戴上眼镜，而且那些清扫呕吐物的女同学都没有坐在第一排的座位上。

"是！"我应了一声，立刻起身离开了自己的座位。

千沙赶紧过来帮我收拾书包和桌上的书本等物品。

"你太好心了。"千沙对那个和我调换座位的女生瞟了一眼，轻轻地说道。

我没有吱声，只是对他淡淡地笑了笑。那个女生讨厌修造，我也不喜欢修造，但我反对她当着全班同学的面公开对老师说不喜欢邻座的同学。如果她以后发现那个同学是好学生时，也许会感到非常遗憾吧？幸好我是个对什么都无所谓的人，再说班级里也没有一定想和他当邻座的男生，都是些和千沙有着天壤之别的窝囊废。

仔细想想，这样的换座也未尝不是件好事，因为我已被认定为呕吐物清扫员了，一旦修造发生呕吐，即使自己的座位离得再远，也必须立刻赶到他的座位旁。尽管我不愿出人头地地做这种事，就是推举当班长也不想干，况且我十分讨厌那些爱管闲事的人在背后说怪话。

现在我就坐在修造的旁边，帮助他成了顺理成章的事了。

那天放学后，我被老师叫过去，他说了声"修造的事就拜托你了"。

时间一长，我对清扫修造呕吐物的工作也习惯了。老师特意为我准备了清扫工具和小孩用的橡胶手套，清扫后也不用放在盥洗室里的绿色的酒精肥皂，而是直接用老师从家里带来的散发出山莓气味的肥皂洗手，然后再使用除菌喷雾器，不光喷手，整个身体都要喷到。虽然经过这样细致的处理，许多同学还是感到很脏，只是千沙不许他们说出口来。

对于我的善心，修造从没有说过一句感谢的话。他呕吐之后立刻去学校的医务室，然后就直接回家了。第二天上学时，也许他羞于开口致谢，就随便地说了两句敷衍了事。我不知道修造是因为呕吐羞于启口，还是他呕吐后就是这样的性格使然，只知道他很害羞，而且不善言辞，确实是个老实人。上课时修造从不举手发言，休息的时候也总是呆呆地看着放在教室后面养着泥鳅的水缸。我只有一次看到他露出笑脸，那是上手工课，用纸浆制作自己喜爱的动物的时候。我做好了一只小猫，停下手忍不住看了修造一眼，发现他正在制作一条泥鳅。当时我很惊讶，没想到他这么喜欢泥鳅，不由自主地说了一句："你做的泥鳅好可爱。"

修造抬起头，满面笑容地点了点头。

我没有对妈妈说起自己担任呕吐物清扫员的事，因为和妈妈说话总是在吃饭的时候，怕提起这事会使妈妈不高兴。可是，当一学期结束，妈妈参加学校的恳谈会后回来显得非常高兴，还特意为我买了奶油泡芙和带草莓的松饼。她说已从老师那儿知道我担任呕吐物清扫员的事了，并且真诚地对我说："妈妈是要好好夸夸你，下学期还要继续帮助修造。"

听了妈妈的话，我的感触良多。难道下学期也必须那么做吗？这样勉为其难的事看来无法停止了。心里这样想着，也没有觉得特别厌烦。

新学期的第一天，老师就把亲自制作的座位表发给同学们。他说："第一学期时，老师对大家的情况还不熟悉，所以通过抽签来定每个人的座位，从这个学期开始，由老师来决定最适合每个同学的座位。"

我的旁边还是修造的座位。准确地说，修造的座位是跟着清扫员的座位顺序安排的，你问我做完了作业怎么办，其实也很简单。午休的时候，当大家都到室外做游戏的时候，修造也会跟着出去，所以我看着其他同学照顾修造的情景心里也很轻松。再说每隔两周清扫一次修造的呕吐物对我来说也不是什么难事。当时，没有同学愿意担任泥鳅饲养员的工作，只要班长不提名，谁都不会举手毛遂自荐，最后还是决定由我在照顾修造的同时兼任此职。我觉得这份工作也不错，能和修造一起轮流为泥鳅投食、换水，挺快乐的。班里有一些同学很怕泥鳅，连碰都不敢碰，而我直接用手摸泥鳅一点没事，它们都很听话，使我不得不产生这样的疑问：难道我和害怕泥鳅的同学触觉不一样吗？

第二学期刚过了一个月，即十月份的某一天，班里出事了。上完第二节的体育课，我们回到了教室，班长千沙突然大声嚷道："这是谁干的？"

只见他的课桌上用黄色粉笔写了几个大字："去死吧！"还有两个担任呕吐物清扫员的同学课桌上分别写着"浑蛋！""丑女人！"而我的课桌上则写着"喜欢！"两个字。

看到这样的情景，班里顿时乱作一团。老师闻讯赶来后，特意把第三节课临时改为班会课。

肇事者很快就查明了，就是修造。

由于他身体不好，上体育课时只在一旁观看，所以下课后比别人先到教室，在一些同学的课桌上写下了这些粉笔字。隔壁班级的许多同学都看到了他的"作案过程"。

老师罚修造站立着，厉声问他为什么要这样做。

修造默默地低头不语。

老师更生气了："我不明白修造究竟是何居心，为什么要对那些善待你的好同学写下如此不堪的污言秽语？还厚颜无耻地说喜欢明日实，小小年纪，不知在想什么，明日实也不要因为修造的恭维而沾沾自喜！"

同学们的目光一下子集中在我的身上，大多数人都露出不怀好意的笑容。我心里非常委屈，他们为什么要这样看着我呢？甚至连老师都暧昧地笑着注视我。

老师问："明日实，你有什么要说的？"

"我……我不喜欢修造！"我大声地叫着，趴在课桌上哭了起来。

不一会儿，罚站的修造突然开始呕吐。

我虽然有所感觉，就是不愿抬起头来，其他三个担任呕吐物清扫员的女同学好像也没过来清扫。

修造呕吐得满地都是，老师立刻带他离开教室去学校的医务室。

当我慢慢地抬起头来，正好和千沙的目光碰在一起，我的心头猛地一热：难道他想来安慰我吗？

千沙终于开了口："明日实，你刚才的话太伤人了，修造一定是受不了才呕吐的，他再怎么写我们也得忍着。"

其他两个同学也归咎似的看着我。

"你去死吧！""浑蛋！""丑女人！"他们三人都很冷静地承受着，而我……这时，我已失去了回答的勇气。

从第二天开始，修造就再也不来上学了。

证言3　友人

我和友彦是老同学，小学、初中、高中都在同一所学校学习。虽然从上农村的公立小学时就在一起了，但是真正关系密切起来是进入高中以后的事了。因为我们在同一个电脑班学习。我和友彦原来都不喜欢体育运动，至少在表面上来看是这样的，所以说不清我们以前是否参加过学校的体育团体。平心而论，我觉得高中要比初中快乐得多。学校规定，除了生病有医生的诊断证明之外，每个高中生都必须参加学校体育队的锻炼。因此，我们每天不得不强制性地参加自己不喜欢的体育运动，刚开始确实很不习惯。我参加了强烈依靠运动神经的乒乓队，渐渐地成了乒乓队的活跃分子。友彦参加了柔道队，这倒并不是他长得胖、有力气的缘故。慢慢地我们都有了自己爱好的体育活动，进入高中后，我们终于可以做自己喜欢的事了。当时看到周边的同学都喜欢看那些色情画，我就和友彦开始认真地研究动画的制作，我现在从事的游戏制作就是受到当时影响的缘故。

不过，真正让我们喜欢的并不是动画制作，而是女人。那时候，绝大多数的男生都没有女朋友，大家都心向往之，谁也不会想到会引出什么不幸的事件，所以当时盛行结交女朋友。友彦在交友时还发生了一件怪事。他的女朋友叶山美智佳是个惯于向男生献媚卖萌的女生，只要是她看中的，就会紧盯着那个男生不放。也许为了显示自己是个风度优雅的女孩子，也许误以为自己就是大众的偶像，她对每个男生都抱有野心，都想让他们拜倒在自己的石榴裙下。我深知这种女生的厉害，友彦却不这样想，认为对方肯与之交往，不就说明她对自己抱有一定的好感吗？这样的想法不错才怪呢，因为叶山美智佳根本不是这种人。

现在我就讲讲一只小狗的故事吧。叶山美智佳说她喜欢自己豢养的一只小狗，还特意用手机拍了狗的照片给友彦看，说这只狗的脸形和友彦很像，即使别人觉得丑陋也一定会特别关爱它。友彦听了非常高兴，他暗自打听到叶山美智佳的生日日期，决定在那天给她送上一份特别有意义的生日礼物。那份礼物不是戒指、吊坠之类的传统饰品，而是挂着和她宠物狗相同种类的虎头狗饰物的钥匙圈。那天放学后，我特意陪着友彦在学校的鞋箱处等候。没过多久，叶山美智佳和她的一帮朋友走了过来，看了友彦送的礼物后，她说了声"好可爱"，就把钥匙圈挂在了书包上。

当时友彦非常开心，以为对方接受了自己的心意，过几天再向她表白就顺理成章了。结果事与愿违，叶山美智佳不仅拒绝了他的表白，还给他的 Email 信箱发来了购买那种宠物狗的发票。

友彦痛苦得哭了起来，没想到对方竟然这样对待他的一片痴情。从那以后，友彦就再也不相信任何女生了。

不过，当友彦收到女生向他示好的 Email 时还是很开心的，甚至觉得以前的做法有点不近人情。我问他："那个女生是不是叶山美智佳那类人，你确认过吗？"他回答："樋口明日实和叶山美智佳根本是两路人。"据我所知，那个明日实也不简单，很多人都上了她的当。她只是表面上看起来很优雅，说不定是想诈骗友彦的钱财才去接近他的。

听说就在叶山美智佳和一个医生订婚的时候，对方获悉她在夜总会工作，婚事就突然告吹了。这是老天爷对她的惩罚吧？这个女人就是这样的，落得这样的下场也活该。但是，为什么好端端的友彦会突然被害呢？我实在想不明白。

我永远忘不了友彦的笑脸。

＊　　　　＊　　　　＊

我决定去东京上大学。就在等待一周后离开家乡的时候，唯香突然来我家玩。她考入了神户女子大学，特意来和我告别。她一边颇为怀念地翻着那本中学的照相簿，一边指着其中的一张照片对我说："看来你俩是一对儿！"

唯香翻开的是体育运动的页面，其中有一张我和同班的一个男生勾肩搭背的照片。那个男生是班级的执行委员，人很强壮，有着胖鼓鼓的身材。我只是把那张照片放在照相簿的一角，也没有多加注意。妈妈平时对我和男同学交往的事管得很严，但看了这张照片后只说了一声"就放在这儿吧"。

说起来，第一次对这张照片产生兴趣的倒是唯香这个丫头。其实，照片也没有特别之处，那个男生只不过是我参加男女混合比赛的合作伙伴。那时候，班级里是根据身高来决定比赛搭档的。

唯香悄悄地把我引到走廊上，两手合掌地说："我想替代你和那个男生做朋友，好吗？"

我知道这是唯香说的玩笑话。那个男生虽然不是班里的讨厌鬼，但唯香未必会真的喜欢，因为他长得并不帅，只要这条理由就足够了。我对那个男生的长相也没什么感觉，谈不上喜欢不喜欢，所以就很爽快地一口答应："好呀！"

唯香或许早就忘了这件事，她当时不过是看着照片产生了一时的冲动而已。

毕业典礼结束后，那个男生曾对我说："我想和你继续交往！"

我决定现在不表明态度，就假装糊涂地反问："你说什么？"

"哦，没说什么。"那个男生慌忙掩饰道。

我和那个男生的关系就此停止了。

大家都知道我和唯香关系很好，几个女同学多次问我："你讨厌唯香吗？"她们大概是把浓妆艳抹的唯香和庄重朴素的我进行比较吧？唯香常有和帅气男生交往的传闻，而我从没有和男生有过亲密交往，不知她们为什么要对我俩进行比较。我照例程式化地回答："一点都不讨厌！"

说实在的，我并不觉得唯香什么都好，有时对她的作为也很反感，有时却很羡慕她。这或许是我们彼此太了解的缘故吧？我俩在小学毕业前一直住在同一个住宅区里。那时候，我很喜欢动手制作点心，常常把自制的小甜饼或者蛋糕带到学校和同学们分享。午餐的时候，我把这些小点心分发给周围的同学，大家都异口同声地连连说"好吃"。其中唯香说"好吃"最带劲，嘴上说着，脸上乐开了花，所以我挺喜欢她。

其实，我并非没有受到男生的追求。上高中之后，一共有五个男生向我表白过，有的很直接，有的打电话，各有各的手段，而我的反应却是千篇一律。

我客气地问道："你找我有什么事？"仿佛根本没有察觉到什么。

平心而论，我对这个问题也感到很好奇。都是同班同学，确实也有过课桌紧挨着的时候，但互相之间从没有说过甜言蜜语，他怎么会想起和我交往呢？如果说喜欢我漂亮，或者说和我在一起感觉很好也许还能接受，但这些男生偏偏到了这个时候就慌了，不是说"没什么事"，就是说"对不起，我忘了"，然后匆匆收场。只有一个男生大胆地对我说："难道你对我没有感觉吗？"由于我确实没有感觉，所以就干脆明确地回答："一点也没有！"对方一听，顿时张口结舌地落荒而逃。

　　"明日实，你过去在班里那些老土的同学中很有人气呢！"

　　唯香一边合上照相簿，一边说。

　　"没有，没有。"我慌忙摇手否认。

　　唯香像洞察一切似的断言："也许吧，因为你太优秀了。"

　　这是我等了好久才听到的赞语，但我已经长大了，再也不会像小时候那样立即流露出内心的喜悦，反而产生了异样的感觉。就如品尝松软的奶油泡芙时突然吃到了一颗沙子那样，心里涌起了一种难言的不快。

　　我来到东京后，没想到高中时代的同学德山淳哉也在同一所大学学习，而且突然提出要和我交往的请求。

　　当我的手机屏上出现了一个没有存过的电话号码时，不由得愣住了。我战战兢兢地看着，足足有五秒钟没有分辨出淳哉这个人究竟是谁。淳哉不是我大学的同班同学，只是在复习迎考的时候，在学校的图书馆里经常见到他。

　　我原以为他提出的交往只不过是图书馆见面时那种泛泛之交，所以依然公式化地反问他："你找我有什么事吗？"。

　　"我想吃你做的小甜饼。"淳哉这样回答。

　　听他这么一说，我决定利用学习的间隙制作小甜饼，在第二天上图书馆的时候分发给那些常来的同学。具体的理由一时说不出口，只是想到那些同学中也包括淳哉就感到特别高兴。淳哉虽然不是被人看好的男生，但我喜欢他的容貌和与他相处时的感觉，当我意识到这一点时，心就不由得怦怦乱跳。

"你终于被我追到手了！"

当我和淳哉交往一个月，两人完成情事之后，他由衷地发出这样的感叹。也许从来没说过这样露骨的话，他又慌忙改口说不是这个意思，还说"请不要生气"。接着，他又情不自禁地引出一番话来："我想明日实大概对我们男生没有多大的兴趣，和谁都一样，对每个人都很亲切。你周围的人都能感受到这一点，都能得到你的糕点，其中也包括我。当然，对方并不会都这样想的，有人反而会误以为你对他情有独钟，甚至产生了进一步发展关系的幻想。我知道你和外人之间有一道无形的壁垒，一旦有谁触及了壁垒，你就会视作无端侵入，设法把他排除出去。这样说对吗？"

我默默地听着他的话，感到身体外面似乎包了一层硬质玻璃做的保护层，自己的内心好像还留存着幼儿园里幸直和小学里修造的形象。我虽然对他们都很好，但是没有一点兴趣，那时的交往也只限于特定的年代和场合，所以我一直很孤独，现在只要有人想进入这个"禁区"，就会毫不留情地一口拒绝，重新返回到小时候善待男生的友情上。我为人善良，从一开始就不想伤害谁。

难道我的人生很幼稚吗？受到第一个抱有好感的男生批评是很不幸吗？想到此，我不由自主地流下了悲伤的眼泪。为了掩饰自己的窘态，我把头深深地埋在枕头里。

"睡觉之前不要说了！"我的心头燃起了怒火。

转念一想，又觉得错怪了对方。他不是事先打过招呼"请不要生气"吗？如果真的不喜欢我，就没有必要特意提出来，只要找个无足轻重的理由不就能轻松地告别了吗？

"讨厌！"枕头里传出我微弱的声音，"讨厌……讨厌……"虽然这么叫着，心里却没有这么想。

"我不讨厌你！"

我从枕头里抬起头来，迎着淳哉的目光，毅然决然地说道。

这时候，我似乎听到包在身上的硬质玻璃保护层开裂的声音。当裂痕扩展到最细微部分的时候，整个玻璃保护层就在淳哉的怀中四分五裂，化成一堆粉末。

"那时候我也很脆弱，"此后，每逢交往的纪念日，淳哉总会这样对我说，"只是抱着解答难题的心情试试看。一不小心，让你误会就完了。啊，现在终于成功了！刚开始吃到你的小甜饼心里很不好受，真想哭出来。因为我知道得到小甜饼的人不止我一个，后来才理解你对任何人都一视同仁的做法。分发小甜饼不过是个好的开头。通过我的观察，发现你是一个内心不存芥蒂的好女孩，所以对你产生了莫大的好感。与此同时，也有了新的疑问：这是真的吗？于是我下定决心，待考试结束后，利用新的机会向你表白。为了确认你是否我的同类，我想通过自己的体验来予以证实。我虽然不善于人际关系，但看你如何对待我，就能知道你的个性。我认为，要对每个人都深入了解太难了，宝贵的人生中只要有一个合适的人就足够了。"

听了他的一番话，不由得引起了我的反思："我真的能对所有人都那么好吗？"作为迈出的第一步，我自出生以来第一次开始珍惜自己。

证言4　同事

奥山友彦在公司里是比我大两岁的前辈，我和樋口明日实是同期进入公司的。我们猫眼石公司主要生产用于防护的反光装置，共有五十五名员工，是个温馨、快乐、具有家庭氛围的公司。

我和樋口进入公司之前，公司每逢休假日常组织那些单身的员工外出活动。我进公司半年后，应邀参加了由年长两岁的男性员工组织的烧烤活动。我当时已有了自己的对象，所以就怂恿那些同时进公司，也想参加的未婚女青年一起加入队伍，樋口也爽快地答应了。

奥山是个很优秀的前辈，他在公司加班的日子要比其他同事多得多，即使偶尔早回家，也会亲自给留下加班的女同事们送来慰问的糕点。他好像很喜欢甜点，常常提前叫外卖送来网上颇受好评的糕点分发给我们。

我们这次参加烧烤活动的共有六人，男女各三人。除了樋口之外，其他的女同事都有了心仪的对象。所以不管是在车里，还是到达"自然森林公园"之后，樋口总是形影不离地在奥山身边。到达目的地后，奥山开始安装他带来的烧烤器具，樋口也手脚麻利地在一旁帮忙。在安装过程中，奥山的手不小心划了一条口子，樋口赶紧用护创胶布把他的伤口包扎起来。看到这番很自然的情景，我忍不住赞了一句："你们两个真是太般配了！"说实在的，这句话绝没有煽情的意思。樋口没想到我会注意她和奥山的表现，但也不显得尴尬，也没有摇头否定，只是微微地笑了笑。

我想奥山也许从那天开始喜欢上了樋口。

奥山表面上很老实，不像那种咄咄逼人的进攻型男子，但他经常邀请樋口到公司附近的面馆和餐厅用餐，樋口也随时应邀而去。如果这说明两人在交往，我也觉得很正常。樋口平时处事很严谨，不要说和异性发生肉体关系，就是牵手的情况也从没有见过。虽然有人言之凿凿地证言他俩就是恋人关系，但我觉得未必可信。两人的实际关系只有他们自己知道。现在已经不是昭和时代了，怎么可以见了风就是雨呢？我说话实事求是，绝不会为奥山和樋口的事添油加醋。如今这个社会真不好讲，如果有人说"最近的巧克力和鼻血一般颜色就很好吃"，这种不负责任的话能信吗？这也正是我现在所担心的事。

说到樋口的杀人动机，目前是众说纷纭。有人说奥山曾威胁她："如果你不和我结婚就让你倒大霉！"另外，公司里早就有奥山写匿名信诬陷他人的传闻。但是即便他真的做了这样的恶作剧，樋口也不至于必须杀之而后快呀。奥山确实有诡异的地方，听说在酒席上，当众人都喝得如痴如醉的时候，独有他始终保持着冷静的头脑。他不和别人争吵，只是一边坏坏地笑着，一边默默地听着别人的酒后醉言。这样的人太有心计了，有什么恶意诽谤的匿名信不能写呢？

如果樋口原本就不喜欢奥山的话，那她一开始干脆拒绝或者表示为难就好了。奥山真是太倒霉了，如果樋口没有进入我们这家公司，他现在又该和大家一起快乐地参加烧烤活动了。

*　　　　*　　　　*

我懂得人生失败的原因，自以为不会再失败了，但还是尝到了失败的最大痛苦——我犯下了杀人大罪。其实，我并不是无意间把奥山友彦吸引到自己的身边，而是明显地出于对他的同情，并且热情地帮助了他。

刚开始，我觉得他人不错，主动向同事们示好，给加班的女同事分送糕点，暗地里还受到别人的讥笑，把他当作傻瓜。

除了请大家吃糕点，他还慷慨地举行烧烤活动，热心地带去德国产的高级烧烤器具，在活动中也不喝酒，为的是充当大家的司机。在他开车的时候，我原先绝对不想坐在旁边的副驾驶席上。因为这个人很邋遢，吃东西时吃相也很难看，而且烧烤结束后也不清理烧烤器具，所以不想接近他。但是，由于从小的教养，我的头脑里总响着"要同情他""要善待他"的声音，提醒我虽然要注意不让别人产生误解，但至少要给予最低程度的帮助。所以在关心他的同时，有意和他保持一定的距离。

烧烤活动结束后，奥山对我提出帮他一起工作的请求，这项工作并不是公司的业务。他有一个进行网上食品调查的朋友，请我们协助他的工作。为了倾听女性顾客的意见，就要我们去公司附近的面馆进行实地调查。

于是，我们中午去了附近的面馆，坐在柜台边的座位上默默地吃一碗面，交流自己的感受，然后自掏腰包付了各自的账单，走出了面馆。第二天，奥山特意送我一块高级巧克力作为酬谢。接着，他又提出去一家著名的水果馅饼店的请求，我碍于情面也接受了。有了两次外出活动之后，我的心里开始有些不安，便把这事告诉了淳哉。淳哉不高兴地说："够了，不要再干了！"

一天，奥山又带我去一家店调查。淳哉突然闯进这家乱哄哄的、满是女顾客的店里，对着我大声明确地吼道："这个人对你不怀好意，不要再帮他了，食品调查员的工作到此结束！"

"是，是，这是我不好，让你生气了，实在对不起。"

奥山一边掏出手帕不停地擦拭着额上冒出的汗珠，一边谦卑地道歉。尽管如此，我确实感到他对我是有点动机不纯。特别在最近一个阶段，不知他心里是如何构建我和他的关系的。

过了一周，淳哉工作的证券公司收到了一封诬陷淳哉的匿名信。

匿名信里虽然没有使用污言秽语，却捏造事实，大肆诬陷，说淳哉在学生时代因赌博欠了五百万日元的赌债，进入公司后以实际消费者投机金融的名头伪造了一张同金额的借条。淳哉知道后，立刻怀疑是奥山所为。我平时从未对奥山提及淳哉的名字和他的公司，以及从事的职业，但想到有关奥山的不良传闻，我立即对自己的办公室和随身物品进行了仔细的检查，结果在我工作包的底部发现一个陌生的手机。我怀疑是奥山偷偷放进去的，有可能已被改造成了窃听器。于是，我和淳哉立刻拿着这个可疑的手机去警署报警，但是警方并没有相信我们的猜测，只问我是否和那个嫌疑人有过交往。我就提起一起参加烧烤活动以及一起进行食品调查的事，警方认为这种程度的交往也很正常，不能任意引申，最后否定了我们的指控。此外，他们认为说奥山在工作包里偷放窃听器也缺少根据，警方无法贸然过问这样的事。

其后，那些恶意诬陷的匿名信又不断地寄到淳哉的公司，信中甚至说："他的恋人樋口明日实在童年时代就患有精神性疾病，不断地骚扰同班的一个小男生，害得对方不敢上学，她其实是个恶魔般的女人。"

事情很清楚，奥山光靠窃听器是无法知道这些诽谤性传闻的，我就此想到了电脑的网络。尽管每天都使用电脑，检索自己的名字还是第一次。我先打入汉字，很快发现上面多处写着和匿名信同样内容的词句。我强压着怒气，又分别用平假名、片假名、罗马拼音字母打入电脑，没过几个小时，就找到了估计是介绍幸直和修造的页面。我再往电脑里打入和奥山一起去调查的面馆和水果馅饼店的名称，结果也找到了有关奥山的版面。

匿名信中充满恶意地写着我每天交往的人，包括和过去有过渊源的人，数量非常多。人的姓名都用开头的字母来表示，商店的名称则直接写上去，这难道不是恶意指向他人的证据吗？

奥山的行为是不能容忍的，他不是把每个与之接触的人都当作关注的对象吗？也许他认为自己不注意别人，别人就会把他当傻瓜。他在暗中使尽坏心注意别人，又若无其事地照常上班，一般人能做得到吗？所以我不会再同情他了。写这样的匿名信，不仅给对方造成了巨大的压力，也说明他已变成了极其错误的畸形人物。他一心想建造自己称王的理想世界，希望能长久地沉醉不醒，但是事与愿违，当他渐渐地觉得理想世界和现实世界的界限变得模糊不清，原以为是同伴的人突然发生变化的时候，就立刻产生了叛逆、反抗和仇恨。为了保卫自己心爱的王国，必定竭尽全力地痛击对方。他这次打击的矛头不仅指向了我，还指向了无辜的淳哉。

虽然淳哉在我面前一直笑着说公司不会真的相信那些恶意中伤的匿名信，但我看到他脸色苍白，显露出长久以来一直承受过度压力所造成的憔悴，他甚至无奈地向我提出两人分手的建议。我没有同意，还用目光告诉他这样做不仅于事无补，还等于向奥山宣告我们的失败。我曾试着向公司的高层反映情况，但是没有效果。又向自己的顶头上司反映，反被批评我患有被害妄想症。上司认为我太难缠，竟然罔顾事实地否认奥山私自装窃听器的事。

既然如此，就只能直接和奥山面对面地交锋了。我很清楚，光对他指责是没用的，因为他表面上会装出可怜兮兮的样子来应付我，暗中一定会想出各种阴毒的报复办法。

"你到底想怎样？"

在公司里，我利用一个两人单独相处的合适时机直接向他问道，希望他赶快收手。

奥山没有回答，只是慌乱地四处张望，大概在心里盘算什么对策吧。

突然，他开口道："我们两人还没有单独去烧烤过呢，你能答应我这个请求，就可以留下最后的快乐记忆，因为我对你已经彻底死心了。"

奥山说这话的时候，两只手的手指相互交叉着，脸颊都羞红了。看到这样的忸怩作态，我心里暗自好笑：现在连中学生和异性同学交往都不会这样了，难道他的愿望真的就止于此吗？对他来说，提出这样的要求也许并不轻松，他没有想到带我去那儿，不会引起我更大的反感吗？如果我一狠心当场打了他，这个看似软弱的家伙也许会哭着逃走的。他想出这个计谋，难道还希望我继续同情他吗？

我决定对淳哉保密，不告诉他和奥山一起去烧烤的事。如果他知道了，绝对会阻拦我，或者说要陪我一起去，这样就失去了意义。奥山提出留下最后快乐记忆的请求也不算苛刻，就随他吧。从此以后，我就辞去公司的工作，再也不和淳哉以外的男性接触。即使路上看到有人突然倒在地上也视而不见，就算求救也装着没听见。谁来请我帮助，我也会说声"讨厌"而一口拒绝。要是为这事受到别人的指责……想到这个，我会装出一副可怜相说自己也够倒霉的，然后哇哇地放声大哭。

公司的工作结束后，我就乘上了奥山的那辆意大利产的造型奇特的黄色小轿车，径直向上次去过的"自然森林公园"驶去。这是草木凋零的深秋季节，平时人们总喜欢晚上七点在那儿进行烧烤，但这次情况却大不相同，现场除了我们俩没有其他游客。

"啊，今天是我们的包场。"奥山情不自禁地调侃道。

我对他的话报以微笑。奥山开始漫不经心地组装烧烤器具，我在旁边切菜。

奥山用点火器燃起了熊熊的火焰，用气量是平时的三倍。他把带来的松阪牛肉的里脊肉和牛排平放在烧烤网上烧烤，旁边还摆放着我们两人喝的姜汁啤酒，一场快乐的烧烤宴终于开始了。

奥山一边吃喝，一边对我大谈过去从未听说过的那些明星偶像的艳闻逸事和网络上的交友活动。

待在空寂的烧烤广场的茅棚里，听他讲着这些无聊的话，你明白我心里是什么滋味吗？但我还是尽量控制着自己。看到烧烤网上的食料已经不多了，就暗中告诫自己只要再忍耐一下就结束了。

"你不能坐在我的旁边吗？"奥山见我不作声，提出了进一步的请求。

我默默地坐在他的旁边。

奥山把最后一片牛肉滴滴答答地浸入调料里，一边对我笑着，一边津津有味地嚼着肉片，他厚颜无耻地说道："明日实，你们对我毫无办法，尽干蠢事，我可不是吃干饭的。告诉你，我已经把那家伙的公司客户情报泄露出去了。对，明天就能见效了。你看看那家伙干了什么呀……他完了，你还是和我结婚吧！"

我放在膝盖上的手在瑟瑟发抖。奥山放下盛肉片的碟子，把他的手按在我的手背上。那是一只温暖、湿润的手，上面还沾着牛肉的油脂和调料的渍痕。我感到全身都开始颤抖，赶紧甩开他的手站起身来，顺手拿起放在桌子旁边蔬菜托盘上的切菜刀，就像去除污秽一般舞动着手臂，拼尽全身力气把刀刺向了他……

证言 5　善良者

真是不可思议，一个众人眼中的好学生竟然是个口蜜腹剑的伪君子，一个心地纯洁、处处乐于帮助别人的善良者最后沦为杀人犯。我们的社会、我们的教育、我们的价值观究竟怎么啦？我感到悲哀和无奈。

尽管如此，我还是不改初衷，坚持认为整个世界是依靠不到总人口百分之一的善良者的忍耐和牺牲才勉强维持的，我的经历就能得出这样的结论。

你不是善良者——但这绝不是坏事！

春的十字架

（日）东川笃哉

1

"哼,浑蛋! 总编真会胡说八道!"

我推开玻璃旋转门,气呼呼地冲出公司。

时下正是樱花落英、新绿初上的季节,黄昏时的神田神保町一带依然像平时一样热闹非凡。

那些我行我素地占据着人行道的学生,那些脸色疲惫、匆匆赶回家准备享用晚餐的公司职员,那些看到旧书店的招牌就两眼发光的本格推理小说的粉丝们……流动在街头巷尾。

这是十年如一日的日常景象,4月的街区到处都是如此。

但是,在这样的风景中,我的心情却糟糕透了,仿佛身处8月的酷暑天,完全感觉不到四周凉爽的春风与柔和的暮色。

为什么会这样? 理由极其简单。我在公司和上司发生了激烈的争吵,再次听到了他那老生常谈的无端指责。

我叫村崎莲司,是一家出版社的记者,工作单位就在神保町那家巍然雄峙的大出版社小学馆附近。我们的出版社在一栋低矮的四层楼建筑里,规模很小,外面挂着一块生锈的招牌,名为放谈社。

简单说来，放谈社是一家具有悠久历史的综合性出版社，创办于二战后不久，出版的图书种类非常广泛。有卖不出去的与纯文学无关的社会调查报告、并不精致的时尚杂志，毫无趣味的童书、没有参考价值的参考书等。尽管如此，超现实的侦探小说却是我社的拳头产品，始终拥有为数众多的读者。正因为有了这样的王牌，我们出版社才维持了这么多年。而乏味的菜谱则是我社发行量居第二位的图书品种……

除此之外，在这个与世脱节的出版社里，我所在的编辑部也是一股重要的力量，它发行的《未来周刊》杂志独树一帜，主要着力于演艺圈的八卦新闻、政治经济界的内幕以及黑社会的背景等敏感话题，而且充分发挥无中生有、以假乱真、东拼西凑的特色以吸引读者眼球，成了我社的一棵摇钱树。

其实，我并非因为不满这份杂志总是刊登造谣生事的假新闻和上司发生争吵，真正的原因与我撰写的那个事件的报道有关。为了写好这篇报道，我使出了浑身解数，废寝忘食地熬了好几个通宵。

这篇报道主要涉及一起宅邸内发生的杀人事件，而且我本人也受到事件的牵连。因为在案发的那天夜晚，我正巧住在那个宅邸里，第二天早晨还混在被害人的亲属中，目击了发现尸体的现场。当时看到的景象至今还深深地印在我的脑海里，那种极端残忍的犯罪暴行强烈地刺激着一个杂志记者的良心。

因此，我信心满满地期待着这篇呕心沥血的报道能在社会上引起广泛关注。

"这是什么？"当我把稿件放到总编的办公桌上时，总编惊讶地拍着桌子。这个年近退休的老头用指尖推了推玳瑁框眼镜，大声地问道："这是什么，村崎？"他把我花了33个小时写成的报道仅仅看了三分之一就毫不客气地扔在办公桌上，从牙缝里蹦出几个字来，"难道我们是《现代周刊》吗？"

听到总编这句话，我顿时变了脸色。

其他编辑部的情况不清楚，但我知道这句话在《未来周刊》编辑部绝不是一句好话。总编的话里不就包含着"这篇报道只配登在《现代周刊》上"的意思吗？总而言之，这个自负的老头总是认为"我们《未来周刊》上的文章一定是独家的"。

顺便说一下，我们放谈社和发行《现代周刊》的讲谈社是两家毫无关系的出版社。因为社名相似，所以我们一直把对方视作竞争对手。

我想讲谈社也一定把我们视作竞争对手，只是那个戴着厚厚眼镜的总编当时没有明说。如果《现代周刊》的总编也把"这就是《未来周刊》登的文章"挂在嘴上，我会感到非常光荣。但是这种可能性不存在，因为他们根本不把我们社放在眼里。

万没想到，这篇我充满信心写好的报道竟然被总编无情地退回，我自然不会罢休："请问，我的这篇报道到底哪儿写得不好？"

面对我的质问，总编的脸色就像南太平洋科隆群岛上的象龟那样僵硬："你的文章老掉牙了，和过去夸大其词的侦探小说没什么两样，现在的读者不会接受这样的报道。"

老实说，总编的批评中确实也有值得肯定的地方。与推理小说相比，我似乎更喜欢侦探小说，所以写的报道除了偏重情爱之外，还带有二战后曾经风靡一时的侦探小说的特色。

我结结巴巴地争辩道："不过，报道的内容不是很好吗？它可是作者对一起罕见的猎奇杀人事件的体验……"

"唔，内容倒还不错，"总编对这一点还是肯定的，"可是你写得过于血腥，而且没有条理性，现实感也不强，不符合《未来周刊》报道事件的要求。"

"我理解您的想法，但我也是希望我们杂志的风格能够多样化一点。"

"不用指教，我已经在这个岗位上干了七年。"总编得意地说出大致的年头，用手指着放在办公桌上的稿子，"很遗憾，这篇报道里缺少了最重要的因素，你懂吗？"

我像傻瓜一样默默摇着头。

总编得意地挑明了欠缺的最重要因素："事件还没有结局。"

"什么？结局？"我实在不服气，差点说出"您怎么会有这么愚蠢的想法"，但我没有出声，生生地把这句话咽了下去。

我打起精神，勉强解释道："事件的报道确实没有结局，但那是因为这个案件还没有侦破。""没有破案就不能写结局？呵呵，这可是《现代周刊》的做派。"

我一时不明白总编的意思，傻傻地追问："那我该怎么写？难道凭想象为未破案的事件写出结局吗？"

总编发怒了："嘿，嘿，村崎，注意你的用词。什么叫想象？我们《未来周刊》从来没有刊登过一行凭随意想象写出来的文字。"

他说的是真话？鬼才相信！我看过杂志上登载的那些光凭想象和臆测就洋洋洒洒地写上几个页面的报道，这也许就是我们杂志的写作风格。

总编不满地看着我："村崎，你还想说什么？"

"没有！"我慌忙摇摇头，"我理解您的想法。

总而言之，报道的最后一定不能凭空想象，要有确实根据的结局。"

总编点点头："这就对了。报道里还要加上有说服力的推理，结尾要有独创性的结论，这样才能满足读者探究的好奇心，你明白吗？"

"读者探究的好奇心？"总编竟然说出这样高级的词语！

一种前所未有的惊异感顿时在我胸中沸腾起来。我一把拿走放在办公桌上的稿子，对总编大声说道："我马上动手修改，一定让您满意，不就希望有个独创性的结局吗？"我用力地蹬着地板走出总编的办公室，身后还传来他鼓励的声音："好好干，我就喜欢懂事的人，写报道即使带着有趣的想象也没关系。"

我没想到会有这样的结果，这个三流的总编真不是东西。

于是，我昂首挺胸地拿着稿件，气呼呼地冲出了放谈社的大门。

2

我是通过何种渠道知道这起杀人事件的相关消息的呢？它来自绿川静子打来的一个电话。静子在电话中轻轻地问道："莲司君，这个周末你有空吗？"

光听这句颇具暧昧的话语，你可能会以为是哪个妙龄女郎邀请约会的电话，其实不然。绿川静子是我的远房亲戚，今年已经超过50岁了，住在镰仓的豪宅里。她虽然是个女性，却是当地政商两界的重要人物。所以她亲自打来的电话非同小可，即使是普通的小事我也必须不折不扣地去办。虽然有着"又要去打杂"的不良预感，我还是耳朵紧贴着话筒，连声说："啊，这个周末我有空……"

"我有话要对你说，请在星期六傍晚到我家来。"

"好的……"

"不要忘了，晚上5点来，见面后再详谈，不要对别人提及此事。"

静子匆匆地挂了电话。尽管我对这种做法有些不满，但也没有办法。因为我大学刚毕业时，一时难以决定就职的去向，全靠她的鼎力相助，才被塞进现在工作的编辑部里。

由于这一层关系，我对她唯命是从。她说"我想看看你"，我就必须马上回答"好的，我很高兴见您"，并且立刻赶往她家。如果她说"舔一舔我的鞋子"，我虽然会想"直接舔您的脚岂不更好"，但还是完全听从她的吩咐行事。这就是我村崎莲司现在的立场，根本无暇去想自己是否太卑躬屈膝了。

星期六晚上，我怀着为静子夫人舔鞋子的卑微心情赶到了古都镰仓。

绿川静子的住处比较远。我先乘须贺线列车到镰仓车站下车，然后转乘沿江电车，再步行20分钟到达住宅街区的一角。那儿有她的豪宅，占据着市中心少有的宽广面积。那是一幢墙瓦都是绿色的西式建筑，旁边还有一间坡度平缓的三角屋顶的小屋，山居林舍的风格。虽然不能说处处都体现出豪宅的气派，但这确实是一个十分精致的院落。

我过去曾几度来过她家，所以这次也坦然而行。按了一下门铃后，似乎早有人在门口等候，那扇大门立即开了，一个小个子的中年妇女出来迎接我，她就是静子夫人。夫人穿着白色衬衫，外罩一件蓝色毛衣。她一看到我，说了声"这不像是莲司君"，就瞪大眼睛，像见到幽灵似的唠叨着："怎么啦，莲司君？你的脸突然变得陌生了，真吓了我一跳，要经常来啊。快进来吧。"

"嗯？您说什么？"这时真正吃惊的是我，总觉得这个见面后突然产生陌生感的亲戚是在演戏，明明是她把我叫到家里来，却要装作一惊一乍的模样。

其实，她早就看腻了我的脸，所以直接带我进入客厅。

此时，这座豪宅的主人绿川隆文正坐在那儿，他想必已经听到了夫人刚才在大门口说的话，却装出没事人的样子，满面笑容地对我说:"莲司君,要经常来啊,突然见到你真开心!"

他说的不是实话,我这次来也不是突然造访,但是毕竟麻烦了人家,所以我对隆文先生谦恭地鞠了一躬:"久疏问候,真是抱歉得很。"

绿川隆文是神奈川文化大学的教授,是一名考古学专家,他的嘴上蓄着短髭,显得十分精干,被女生们称为"我们学校的'英迪·琼斯'",隆文先生听了不以为忤,反而在我面前有些扬扬自得。那个瘦小的"英迪·琼斯"身高不过1.66米,大概是一部电影里的角色吧。

就在我胡思乱想的时候,隆文先生看了静子夫人一眼,和蔼地对我说道:"今晚请务必一起用晚餐。"

夫人也笑着频频点头:"是啊,我们一起吃晚餐叙旧。难得来一次,你就在这儿住一晚。你说是吧,莲司君?"

"现在必须拒绝,必须马上回去!"我在心中反复地告诫自己,但是脱口而出的却是:"好,那是当然的,我很高兴和先生、夫人在一起。"

我无路可走,只得就势坐在沙发上,和绿川夫妇随意地聊起天来。

不一会儿,隆文先生起身对我说:"我还有一点东西要查看,晚饭的时候再聊吧。"说完就离开了客厅。

房间里只剩下我和静子夫人。夫人的表情突然变得严肃起来,她用警惕的目光仔细地巡视着四周,轻轻地说道:"常言道'隔墙有耳',我们去别的房间吧。"

接着,她特意把我带到了绿川家的会客室。"放心吧,我们在这儿说话谁也听不到。"夫人请我坐下后,自己也坐在斜对面的沙发上。我终于忍不住开口问道:"您为何叫我来,有什么事要办吗?""嗯,是有话对你讲。"夫人悄悄地说道,"说到底,就是为了我先生的事。"

"先生怎么啦？难道他今夜要和年轻的女人幽会？""是的，估计他今夜要和一个年轻的女人幽会，我的预感都是很准的。"我一时说不出合适的话来，感到夫人的判断不无道理。

夫人用哀怨的眼神看着我，继续说下去："我原来根本没有想到自己的先生会带女人到家里来，或者出去和女人幽会，但是最近确实感到有个女人在时时影响他。"

夫人的语气十分肯定，也许是凭着女人特殊的直觉感受到了什么异常。

见我半信半疑，夫人又喋喋不休地说道："她的名字我也弄清楚了，叫竹下弓绘，是我先生的研究生。不少人都看到他们两人在一起的场景。"

我赶紧宽慰道："如果是女大学生和大学教授的关系，他们在一起也是正常的，您是否有点想多了？"

夫人断然地摇头否定："此言差矣，根本不是那回事，我有确凿的证据。最近，我先生每逢周六晚上就会一人彻夜关在小屋里闭门不出。"

"哦，也许他热衷于学术研究吧，先生的孜孜不倦可是人人称道的。"

"不是这样的，他就是花心。对外说什么忙于学术研究，其实是要避开家人偷偷地带女学生到小屋鬼混，或者干脆离家到外面与女学生幽会。"

"这是真的吗？"

我暗忖，夫人这样疑心重重，隆文先生绝不会开心的。但反过来说，先生的所为疑点甚多，夫人怀疑他也很正常。

我再次问夫人："您说有事托我，到底是什么事？"

夫人凑近我，用更低的声音耳语道："今夜……就有好戏看了……"

我听了她的话后，抬起头严肃地说道："夫人……"

"你想说什么？"

"您的声音太小了，我不知道您在说什么。"

"噢，那是我不好，对不起！"夫人拍拍我的肩膀，用正常的声音复述了刚才说的话，吩咐道，"我想请莲司君今晚暗中监视那间小屋。"

"您要我监视那间小屋？"

"是的。莲司君是记者，监视不伦之恋的现场是你的强项，拜托了。"

夫人说着用手指了指窗外的那间小屋。我顺着她手指的方向看去，那间山居林舍风格的小屋隔着庭院赫然在目，从这儿监视的话……

我心慌意乱地喘息着，心想这份差事总比舔夫人的鞋子好。

3

那天晚上，绿川家的晚餐表面上还算热闹，但众人之间的疏离感显而易见。

围桌而坐的共有四人。除了绿川夫妇，还有我和一个名叫大岛圭一的男子。

"莲司君是《未来周刊》的记者，一定在暗中监视过那些名人的风情场所，不知你是怎样监视的？"

面对大岛突然提出的敏感话题，我一时不知所措，只得一边使劲吞咽着塞在喉咙里的一块烤肉，一边慌乱地回答："我没有做过那种事情，请不要再问了。"

我面露笨拙的微笑，极力掩饰着窘态，大岛眼神怪怪地看着我。

他也是师从隆文先生的考古学研究生，和我年龄相仿，身高相近，体重却是我的两倍，是个大胖子。

大岛是隆文先生的远房亲戚，现在和绿川夫妇住在一起，处于寄人篱下的地位。也许出于这个原因，当吃了两碗饭，又悄悄地伸手去盛第三碗饭时，他还赧然地解嘲道："我少许添一点就行了……"

晚餐结束后，大岛借口去看喜欢的电视剧，摇晃着肥胖的身躯回自己的房间去了。我和绿川夫妇喝着咖啡继续闲聊。

将近晚上 8 点时，隆文先生终于忍不住离席而起："对不起，我有工作要做，只能先走一步了。莲司君不用急，慢慢地品酒取乐吧。对了，家里有莲司君喜欢的葡萄酒，是放了七八年的法国名酒夏托勃里昂。静子，你快去拿来让莲司君喝个痛快。"他说完后悠闲地迈步离开了餐厅。

我和夫人目送着隆文先生的背影，不约而同地露出诡异的微笑。当他从门口消失后，夫人立刻急切地对我说道："莲司君，机会终于来了。"

"是啊，"我佯作糊涂地回道，"先生不是让我喝点法国名酒吗？"

夫人焦灼地摇摇头："现在没时间了，你还是快做准备吧。"

我伸了一下舌头，立刻起身离开餐厅，夫人也紧跟着出来。我俩在走廊上一阵小跑，赶到会客室。此时，房间里一片黑暗，但我们不敢开灯，只得摸索着走到窗台边，透过窗玻璃凝视着外面。

迎面就是那间三角形屋顶的小屋，富有特色的廓影耸立在黑暗中。这时，一个瘦小的男子已经来到了小屋门口，开了门后，他的身影很快就被屋内的黑暗隐没了。少顷，小屋的门关上了，屋内亮起了灯光。

我目不转睛地看着眼前发生的一连串变化，回头问站在身后的夫人："出入那间小屋的只有房门和窗户吗？"

"是的，"夫人悄声回答，"屋内有厕所和盥洗室，但是那儿没有窗。如果他要带女人进来或者出去和女人幽会，都绝对逃不脱你的监视。"

"明白了。"我看着小屋的门窗，又问，"您接下来准备做什么呢？"

"你问我吗？嗯，接下来就去浴室洗个澡，然后上床休息。"夫人似乎有些兴奋，连哈欠都没打，"不过，我会彻夜难眠，人一定不舒服的。"

在确认丈夫是否花心的夜晚，即使感到不舒服也在所不惜，所以我觉得夫人在这样的关键时刻根本不会考虑个人的身体状况。正是有着这样灵敏的反应，她才让我作为帮手参与其间。如果她想仿效侦探行事的话，就没必要特意把我叫到这儿来了。

面对着昏暗的外景，我轻轻地叹了口气，对夫人说："好了，这儿就交给我吧。从现在到明天早晨，我会寸步不离地监视小屋，即使小便也在原地解决。"

"这样不行！"夫人摇着头，似乎从心底里就讨厌这种行为，"如果你实在忍不住了，可以用这儿的电话直接打到我的卧室，拜托了！"

临走前，夫人又叮嘱了一句："你给我盯紧点！"

我看了一眼手表，现在是晚上 8 点半。一想起到明天早上还要打发很长的无聊时间，我就感到有些迷茫。

"真是没办法，能听着音乐监视吗？"我心里嘀咕着，把单人沙发搬到窗台边。坐下后我从口袋里掏出随身听，戴上耳机，一边注视着小屋，一边轻轻地打开随身听的开关，耳边顿时响起流行女歌王八代亚纪的最新歌曲。听着她那动人心弦的歌声，我开始了漫长而孤独的监视……

第二天早晨，我在迷迷糊糊中惊醒了，因为脸颊不知被谁猛击了一下。我睁开眼睛一看——咦？！这是怎么回事？难道我刚才睡着了吗？

真是怪事！我明明听着八代亚纪的歌曲，眼睛一眨不眨地监视着小屋的动静，现在怎么会迷迷糊糊地醒来，而且还躺在一张长沙发上呢？这时候，我突然发现面前站着横眉怒目的静子夫人。她一手叉着腰，看上去活像个母夜叉，令人心惊胆战。

看到她这副模样，我马上明白自己坏了大事。

情况大概是这样的：由于难以忍受长时间的寂寞，加之连日工作的疲劳，我终于在夜深人静时控制不住自己的眼睛，昏昏睡去……

我像一个上足发条的木偶腾地一下从沙发上跳起，看了一眼手表，发现此时已是早晨7点，只得对夫人苦笑道："您早，夫人！"

夫人没有回应，脸上露出了"这家伙真没用"的不屑表情。她斜眼看着我，终于开口问道："莲司君，瞧你这个熊样！还记得自己是什么时候睡着的吗？"

"我记得自己在零点时分还是醒着的，没想到……实在对不起！"

"你说什么？这么早就不行了？！"夫人大感意外，冲着我的脸吼道，"你这家伙真没用！"

"对不起！"我使劲地挠着头皮，觉得自己顿时矮了半截，"先生的情况怎样了？"

"我不知道。他不在楼房里，除了那间小屋还可能在哪里？好不容易才找到一个证明他花心的机会，结果给你白白地糟蹋了，这样的监视没有一点意义。'"

"您说得没错。确实是我不好……"我泄气地回答。

其实，要我按夫人的要求出色地完成监视任务是很困难的。我只是一名记者，并非一个职业侦探。

夫人最后无奈地说道："没办法，现在只好我去叫醒先生了，你赶快坐到餐桌旁，装作没事人的样子。拜托了！"

"明白！"我附和着夫人的话，又在原地打了个哈欠，夫人独自走出了会客室。我睡眼惺忪地看着窗外，没隔多久，院子里出现了夫人的身影，径直朝着那间小屋走去。她先敲了敲小屋的门，好像没有回应。她又使劲地敲了几下，还是没有回应。夫人失望地从小屋门口走开，低着头往回赶。我连忙打开窗户，对着院子里的夫人问道："先生他怎么啦？"

夫人没好气地回答："我也不知道。几次敲门都没有回应，房门好像锁上了。"

我听了大惑不解："那就怪了，我从这儿能看到小屋的窗台边还有微弱的灯光。"那天早晨是个大阴天，能透过窗台边的窗帘缝隙看到小屋里还亮着灯。

夫人担心地看着小屋的窗台："是啊，确实有点怪。莲司君，我有不好的预感，你赶快用会客室的电话向小屋打内线电话试试。"

我立刻向小屋打了内线电话。结果就像夫人敲门时的情况一样，电话铃声不断，但就是没人接听。我不得不挂了电话，摇头叹息道："没有用，电话也没人接。也许先生出去了。"

我的意思很明显，就在我打瞌睡的时候，隆文先生离开了那间小屋，极有可能出去和女人幽会了。但我转念一想，又觉得不对。现在是早上 7 点，幽会也该结束了，隆文先生已经返回小屋才合情理。但如果先生在小屋里的话，他不应答夫人敲门的理由是什么？这时，我突然想出一种新的可能性。

"啊！也许有这种可能！"

"只有这种可能了，莲司君！"夫人似乎也得出了同样的结论，她用力地打了个响指，说出了和我一样的想法，"我先生和带来的女人一定还躲在小屋里，现在出不来，只能硬扛着，装出不在屋子里的假象。""

夫人得出这样的推论后，立刻隔着窗户命令我："莲司君，你赶紧去厨房的门口，把挂在那儿的小屋总钥匙拿来，快！"

"明白！"我点了点头，立刻冲出会客室，飞快地赶到厨房门口，拿下挂在门柱上的一串钥匙，接着又用穿着凉鞋的脚踢了踢厨房的门。门开了，里面站着一个像堵墙似的大胖子，就是绿川家的食客大岛。他惊讶地睁大眼睛，看着我气喘吁吁的样子，不解地问道："怎么啦，莲司君？为何要拿走那串钥匙？"

"不跟你多说了，现在那间小屋里出现了可疑的情况。"

"先生病啦？那可不得了，我和你一起去看看！"我的话引起了大岛的误解。

"啊，不用，不用，我一个人去就行了。"

"这个时候还和我客气什么！"

"真的不是客气，我一个人去没问题。"

"不要磨磨蹭蹭了。"

"可是……"

"还是走吧，我们一起去那间小屋。"

为了不再引起他的误解，我只得带着大岛赶到院子里，看到夫人正满脸惊恐地站在那儿。她一把夺过我手里的那串钥匙，快步向小屋走去，嘴里还说："这下好了，可以彻底做个了断了。"

我紧跟着夫人，大岛也歪着头跟在我的后面。

夫人站在小屋的门前，不再敲门听先生的应答，直接把钥匙插入锁眼，门锁一下子就开了。她急忙旋转门把手想把门推开，但门只开了一条 10 厘米左右的小缝就推不动了。

"啊，还挂上了防盗链！"夫人叫了一声，随即对屋里高声喊道，"快出来吧，我知道你们就在里面。"

夫人通过门缝向屋里张望。突然，她疑惑地问我："莲司君，那是什么？"

我透过门缝拼命地朝里看，大岛也从我的背后把脸凑过来。

我和大岛头碰头地一起窥望着小屋里的动静。

"那是什么？"

"是人的脚。"

"啊，是男人的脚。"

"看上去怎么有点怪？"

"那是绳索吗？"

"我觉得是。"

"难不成就是绳索？"

"也许一个男人被捆绑着？"

我再次透过门缝看着屋内，在茶色地毯上看到了一个穿着黑色裤子的男人的脚。两只脚都不自然地直挺挺地伸着，还紧紧地并在一起。再仔细观察，发现两只脚都被绳索绑在一块细长的木板上。这究竟是怎么回事？

"难道先生被人用绳索绑住了？"我疑惑地自语道。

大岛频频点头："我也看到了，那该怎么办？"

"能设法把防盗链弄断吗？"

"时间来不及了，还是直接敲碎窗玻璃进去更快，我们立刻去窗台那儿。"

大岛说着急忙拔腿而去，我和夫人紧随其后。拐过小屋的屋角，我们来到了窗台的旁边。窗玻璃本来是透明的，但现在由于两边的窗帘紧紧地合在一起，看不到屋内的状况。而且那扇窗也上了月牙形定位锁，无法轻易打开，唯一的办法就是砸碎窗玻璃。

大岛从地上捡起一块拳头大小的石头，问夫人："我能用石头砸窗吗？"

静子夫人重重地点了点头："没关系，赶快砸窗吧！"

大岛拿着石头，猛地砸向窗玻璃。

随着砰的一声巨响，碎玻璃洒落一地。大岛随即用一只手伸进玻璃窗的破洞打开了窗锁，迅速开启了一扇窗，拉开了两块窗帘，屋内顿时亮堂起来。就在这一瞬间，我们三人异口同声地发出一声惊叫。

小屋是个单间，只有八张榻榻米的面积，四周是木质的墙壁。靠正面的墙壁是一个排列着各种厚厚书籍的大书架，前面放着一张书桌和一把椅子，书桌上杂乱地堆放着几本考古学的专业书籍。靠右边的墙壁放着一张能当卧床的长沙发，还有一部壁挂式电话机安装在书桌旁的一根木柱上。长沙发上没有人，但地上……

一个男子倒在地上，两只手臂横成"一"字形，如果两只脚也能分开的话，就形成了一个"大"字。由于穿着裤子的两条腿紧紧地并拢，所以变成了"十"字形。那个男子就以"十"字形的样态躺在地上，还被绳索捆绑在两块呈"十"字形的细长木板上。在这种场合，一切解释都是多余的。

我很清楚，只要用日语中的一个词就能道出真相——十字架。

那个男子的手脚被绳索牢牢地绑在纵横相交的木板上，也就是十字架上。

那是个体形瘦削的小个子男子。从我们所在的窗台角度只能看到他的脚，看不清他的脸，但能看到他嘴上富有特征的短髭，所以一眼便知他就是绿川隆文先生。

夫人从我身后发出了一声撕心裂肺的哀号："你啊！"

紧接着，又响起了大岛的悲声："先生！"

说时迟，那时快，大岛拖着肥胖的身躯，竟然敏捷地翻过窗台，径直跑到隆文先生的身边，蹲了下来。

"啊！"大岛皱起眉头，发出一声短促的呻吟。

我在窗台边大声地问道："大岛君，先生到底怎么了？"

大岛默默地摇着头，然后用粗壮的手臂一边扶着绑在十字架上的先生的头部，一边将十字架抬起 50 厘米左右让我们看。那稍稍抬起的十字架呈倾斜状，我们终于能从所处的位置看清那个男子的脸，确认就是隆文先生。

就在这一瞬间，夫人吓得扭过脸去，只有我依然注视着眼前的情景。

隆文先生的脸已失去了血色，犹如一张白纸。

他的颈部被多道绳索缠绑在十字架木板上。也就是说，隆文先生的左右手和并拢的双脚以及颈部四个部位都被牢牢地绑在十字架上。我知道表示这种状态的日语，就是"磔刑"。

著名的大学教授绿川隆文被人用绳索勒住脖颈，全身伸展着绑在十字架上，呈现出遭受磔刑的惊人样态，且已断绝了气息。真没想到他会死得如此悲惨。

在我惊愕的目光下，大岛把先生遭受磔刑的尸体再次放到地上，然后对我说："莲司君，你陪夫人去小屋的门口，我去解开防盗链。"

我说了声"拜托了"，就搀扶着夫人重新返回小屋的门口。我们在那儿稍等片刻，就听到防盗链被解开的声音，小屋的门慢慢地开了。

我和夫人走进小屋，低头看着脸部已经变形的隆文先生。

"究竟是谁下了这样的毒手？"夫人一手遮住脸部，悲痛地问道。

"现在还不清楚，夫人，"满脸油汗的大岛摇着头，"我们只知道这是一起典型的杀人事件，作案者穷凶极恶。这种遭受磔刑的样态绝不是自杀的结果，一定是哪个对先生怀着深仇大恨的凶手犯下的滔天大罪。"

听了大岛的一番话，我马上问道："你说先生是他杀？那么凶手人在何处？我们来的时候门是锁着的，还挂上了防盗链，而且窗户也上了月牙形定位锁。那个杀了先生的凶手是怎么进来又是怎么逃走的呢？"说到这儿，我的脑海中浮现出"密室杀人"四个字，但又觉得这似乎是不可能的。

"你说得没错。我也感到不可思议，也许凶手就是从这个部位出入的。"站在尸体旁的大岛突然用手直指上面。我顺着他手指的方向仰视屋顶，发现屋顶上竟然有一个小小的窗口。

我紧咬着下唇沉默良久，目不转睛地凝视着那扇小小的天窗……

4

回想起事件发生后的种种细节，我情不自禁地再次赶往作为事件舞台的古都镰仓。就像职业刑警反复去现场勘查那样，我也想重返现场细细查看，也许会产生新的思路和想法。我心中暗道："不管怎么说，必须按总编的意思办，这篇报道一定要有水落石出的结局……"

我再次来到绿川宅邸。由于故人的葬礼已经结束，宅邸又恢复了往日的宁静。紧闭的大门前也见不到警车和刑警们的身影。

我走到大门口，按响了门铃，等了半天也没听到里面有人应答，也许绿川家的人都出去了。

一阵悔意不由得涌上心头，要是事先联系夫人就好了。

虽说已经得到了事件调查取得进展的消息，但眼下的状况把原定的计划彻底打乱了。我不得不一个人呆呆地站在镰仓的街头。刚才还是春光明媚的 4 月天，现在突然乌云密布。

"看来要下一场雨了。"

我仰望着天空说道。话音刚落，一滴雨珠就落在了我的额头上。

"真是个鬼天气！"

我慌慌张张地奔跑起来，不知上哪儿去找能躲雨的茶室。不多一会儿，前面终于出现了一家还算雅致的茶室，我立刻推开茶室的玻璃门，冲了进去。

茶室里已有五六个身上被雨水淋湿的男性公司职员，他们一看到我，个个都紧张起来。我和他们不约而同地用目光数了数空着的座位，还没等到有人吹哨，就自动地玩起抢椅子的游戏来，结果我成了游戏的失败者。

一个扎着马尾辫的年轻女店员向我低头致歉："实在对不起，我们这儿已经满座了。"

"好像是这样的……"我有些无奈地说，只能接受这个结果，然后问女店员，"附近还有其他茶室吗？"

"您再往前走应该还能看到一家茶室，不过现在是不是满座就难说了。"女店员把我带到茶室门口，告诉我前去的路径，"您顺着这条路走到头，向右拐，然后再右拐，接着朝左拐，再左拐，最后笔直走一段路，向右拐……"

"好，好，我知道了。谢谢！"我顺着女店员指示的路径埋头猛跑，再次出现在细雨迷蒙的镰仓街头。

雨在不停地下着，我一边跑一边不断地念叨："右，右，左，左！直行，右！"就像在擂台上不停地进退打转的拳击师那样。这时候，我突然有了意外的发现。

　　就在我的前面，一个风姿绰约的年轻女子款款而行。她身穿黑色衣衫，手撑一把红色折伞，高挑的身材和乌黑的秀发让整个人显得格外妩媚，快步行走的姿势也很美，挺直的后背更是别具风韵。虽然看不到她的脸，但能想象这是个容貌秀丽的姑娘。我坚信自己的判断是正确的，不由得加快了脚步。我一心想超过她，好回首一睹她的芳容。

　　于是，我放弃了寻找茶室的打算，紧追不舍地跟着手撑红伞的女子。

　　不一会儿，女子在街角向右拐去，我也随之而行。

　　这时候，我突然发出"哇"的一声，不由自主地停住了脚步。

　　一身黑色衣衫的女子正叉开双腿站在我的面前。她右手拿着折伞的伞柄，抿着嘴直视着我，表情看不出是喜是怒。不过，这种凛然不可侵犯的勇敢姿态并未使我胆怯，我反而感到了她的"善意"。

　　女子没有理会我在想什么，目光变得更加锐利。"你是谁？"她柳眉倒竖，气呼呼地问道，"为什么老跟在我后面？"

　　"你说什么？老跟在你后面？"我故作惊讶地反问道。其实，她说的是事实，但我不能承认，要是惹怒她就麻烦了，于是我巧妙地找了个托词，"怎么可以这么说呢？按照这个道理，我也可以问你为什么老在我前面走？老实告诉你，我在寻找一家茶室。"

　　"茶室？哦，你是为了这个啊！"她终于点了点头，露出微笑。接着，她甩了甩长长的秀发，转身向前走去，丢下一句话，"这附近就有一家茶室，我带你去吧，请跟着我。"

　　真是惊天的大逆转。她从原来不客气的"为什么老跟在我后面"，突然转为"请跟着我"。

究竟是什么原因呢？虽然我还不清楚，但受到那一袭秀发的吸引，我还是老老实实地跟在她的后面，就像一条被饵食吸引的饿狗，显得十分可怜。

雨暂且停了。她在一家民宅的屋檐下停住了脚步。

"就是这儿。"她说，收起红色折伞。

"嗯？这儿是你的家吗？"

"不要胡说！"她皱起眉头教训道，"我怎么会把一个初次见面的男人带到自己家里来？你想错了，这儿就是你要寻找的茶室。"

"这儿就是茶室？"我仔细地打量着眼前这栋古旧的和式建筑。它既不是豪华的私人宅邸，也不是具有文物价值的古建筑物，只能算是年代已久的民居。也许一开门，就会出现一个拿着扫帚扫地的老婆婆或者老大姐。

我断然地回道："这不是茶室，只不过是老式的民居。"

女子也不否认："是老式的民居，但它现在是茶室。今天就让你长长见识。"

我的心里依然不爽："它的门口也没有茶室的广告牌。"

通常，茶室的门口都有"本店供应优质咖啡"的广告牌，但在我目光所及之处，并没有看到这样的摆设。

女子一口否定了我的看法："你说广告牌，那儿不是明明挂着吗？还没看见？就是大门旁边的一块小木牌，对，就是那儿！"

我伸长了脖子，好奇地问道："你说在哪儿？"

我终于看到了那块木牌，不由得叫了起来："这是门牌，不是广告牌。那样小的门牌谁会注意？"

女子依然固执己见："那上面不是清楚地写着店名吗？"她直接读出了招牌（门牌）上写的汉字，并进一步发挥道，"你看，上面明明写着'一服堂'，不就是正儿八经的茶室招牌吗？"

"那倒有点像店名。"我不得不接受了她的说法。

这时候，我才注意到雨已经完全停了。虽然失去了当初寻找茶室避雨的目的，但我觉得机会难得，很乐于和这个美女在奇妙的带有古民居风格的茶室里聊聊天。

于是，我带着私心发问："我们难得一见，进去喝杯茶好吗？"

她爽快地回答："那没问题。我一开始就是要到这儿来的。"

"哦，那可称得上奇遇了。请问您的芳名？哦，不对，在请教别人名字前应该先报上自己的姓名，这才符合礼仪。我叫村崎莲司……你呢？"

"我叫夕月茜。"她笑着回答，"能告诉我你的职业吗？"就在我回答之前，她习惯性地出示了一个黑皮的证件，"我在神奈川县横须贺警署刑事课工作。我们进去吧，村崎君。"

夕月茜一边说，一边推开了一服堂那扇嘎嘎作响的大门。

5

我们走进店内，仿佛实现了时空穿越，这里处处弥漫着昭和初期的怀旧氛围。房间里点着蜡烛，内部立着闪着黑色光泽的厚重木柱，屋顶上横着粗大的屋梁，这些都是现代住宅里再也见不到的古董货。这个由旧式民居改造的茶室面积并不大，只有三张四人围坐的茶桌，吧台边还有四把椅子，这意味着茶室最多只能同时接待 16 位客人。尽管如此，此时店堂内除了我和夕月茜，并没有其他客人。想必是那块小小的招牌没有引起人们的注意。

店堂内只有一个穿着连衫围裙的女服务员，正落寞地坐在吧台后面的高背椅子上，专心地阅读一本袖珍小说。也许她已注意到难得有两个客人进来，所以慢慢地把视线从袖珍小说上移开，抬起头来看着我们。

这是一个皮肤白皙的年轻女子，留着遮住前额的刘海，梳着富有古风的发式，直挺挺的高鼻梁显得有些孤傲，就连尖尖的下巴也给人留下了难忘的印象。这时，她用清澈的眸子看着我和夕月茜警官。

"咦，你不是茜小姐吗？欢迎光临！"她立刻放下手中的袖珍小说，轻快地离开座椅，那双迷人的大眼睛忽闪忽闪的，甚是可爱。看得出来，她的注意力完全在夕月茜警官身上。

就在我颇感尴尬的时候，身边的夕月茜却亲热地举起右手，高兴地招呼道："寄子，好久没见面了。这儿还是老样子，像是休业的状态。"

"是啊，还是老样子。茜小姐，真没想到你今天会到这儿来。"寄子像淑女一样优雅地回答，嘴角漾着微笑，"现在只有茜小姐才会偶尔光顾敝店。你怎么有空来这儿？难道横须贺又发生了什么凶杀案吗？"

夕月茜回答："不是横须贺，是三浦半岛的乡下农家发生了一起碎尸案。一个男子遇害后全身被分割成六块。为了侦办这起案子，我很长时间没有休息了。案子的调查迟迟没有进展，我今天特意来请教，想听听你的意见。"

"啊呀，我可不懂什么案子调查，怎么能提出意见？再说在茶室里谈论碎尸案也不妥当，会吓着其他客人。"

夕月茜笑道："你也不要虚张声势了，这里又没有其他客人，谈谈怕什么！"

寄子依然假意推辞道："碰到你茜小姐，真是没办法。"

我对她俩亲密的谈话插不上嘴，只得默默地站在一边。也许寄子终于有所注意，指着我问："茜小姐，你身边的这位先生是谁？不会是新交往的那个'他'吧？"

为什么我不能是夕月茜新交往的那个"他"呢？难道我只能

215

作为一个陌生人存在吗？我不理解她的用意。

夕月茜断然地摇头否认道："别开玩笑了，他只是个普通的客人，是我来这儿的路上偶然碰上的。"

"客人？！"寄子好像刚听说过这个词，嘴里反复地念叨着，"客人……客人……"

她把眼睛睁得溜圆，第一次仔细地打量着我，然后说出一个让我颇感意外的问题："您是来敝店喝咖啡的吗？"

说实话，到底是喝清咖啡还是喝牛奶咖啡我还没有定下来呢。但我明白，她的提问并不是真的问我要喝哪种咖啡，而是确认"您真的是来喝咖啡的客人吗"，所以我除了点点头，没有其他的应答。

寄子看着我，脸颊上泛起了红晕："欢迎光临一服堂，请坐……"

她像接待一个天外来客似的，一时显得语无伦次，眼光也像狂风中漂浮的小船，失去了平时的稳定。"寄子，不要紧张！没关系，他不过是个普通的客人，没什么可怕的。"夕月茜看到寄子慌乱的样子，赶紧开口安慰道。她坐在吧台边的椅子上，对我说："不要傻站着了，找个座位坐下吧。""好的……就听你的……"我趁势坐在她旁边的椅子上。女警官侧目看着我，严肃地教训道："你的脸皮倒真厚！"我赶紧分辩道："不是脸皮厚，我只是听话而已。"同时又问寄子，"能给我来杯咖啡吗？"

"不，现在不行。"寄子用手按着穿着连衫围裙的胸口，不停地喘着粗气，"请稍等一下，我还没有心理准备……"

只是请她送上一杯咖啡，怎么还需要心理准备呢？

夕月茜看到我一脸的惊讶，悄悄地贴着我的耳朵说："你也看到了，寄子对熟悉的人很随意，但不善于接待陌生的客人。"

我有些不以为然："那她为什么要干这一行呢？是不是选错了

职业？"

夕月茜解释道："也不能这么说。一服堂是她从父亲那里继承而来的，不能轻易关门。她对熟悉的客人还能应付，接待陌生的客人就困难了。虽说这样，她必须苦撑着，坚持站立在客人面前为他们提供服务。这也没办法，是她的命运。"

这样的命运对她而言是否过于残酷了？我不由得对寄子产生了深深的同情。夕月茜满不在乎地说道："这也没问题，反正来这家茶室的客人很少。""噢，原来如此。"我轻轻地叹息道。

我向好不容易调整好状态的寄子要了一杯混合型咖啡。其实，我想要的是酒水单上用粗体字写的特制的维也纳咖啡，但看到寄子不稳定的精神状态，还是尽量避开了那个操作比较复杂的品种。

"知道了，您要一杯混合型咖啡……"寄子颤声重复着，转过脸对夕月茜口齿清晰地问道，"茜小姐要哪一种咖啡？"

"特制的维也纳咖啡。"夕月茜大大咧咧地回答，完全没有我心存的顾虑。

于是，寄子站在吧台里面，背对着我们忙碌地操作起来。

趁着这个间隙，我对夕月茜提出了心中的疑惑："寄子面对我紧张得不行，和你说话却那么心平气和，甚至非常亲切，这样的差距也太大了。"

"嗯，这个问题很简单，因为我抓到了一个和她亲近的机会……"夕月茜抚弄着长长的秀发，得意地回答。

我又换了个问题："你是刑事警官，你俩的亲近和镰仓发生的案件有关吗？"

"没有，我在横须贺警署工作，镰仓不属于我们管辖范围。"

"是吗？顺便问一下，你知道绿川宅邸发生的杀人事件吗？"

"哦，你是指那位大学教授被绑在十字架上，遭受磔刑的案件吗？当然听说过，报纸和电视上都以"现代的猎奇杀人"为标题做过各种报道。对了，你不是杂志社的记者吗？是《现代周刊》的记者？"

"哦，这个就不好说了。"我含糊其词地敷衍道，"我确实对那个案件做过调查。十字架意味着什么呢？能说说你的想法吗？"

"你这样说有点难为我了。我对这个案件的细节还不清楚。"

"这不是问题，有个重要人物偶然间目睹了这起案件——这个人就是鄙人。"我伸出大拇指指了指自己。

夕月茜有些意外地看着我："你和那个猎奇杀人案有关？告诉我，你是讲谈社还是放谈社的记者？"

我一时无言以对，只觉得她真是个嗅觉敏锐的女警官，更想听听她对这个案件的见解了。

我郑重其事地问道："你想听我说吗？"

"如果能实话实说我当然有兴趣听。作为刑事警官，要是在你的叙述中发现什么疑点，我会尽可能地向你提供参考意见。"

我略施小计，终于成功地把夕月茜警官吸引到我的工作中来。就在这个富有古民居风格的茶室的吧台边，我侃侃而谈。

"首先，从我与绿川宅邸杀人事件的机缘谈起……"我语气沉重地开始叙述十字架杀人事件的经过。

刚说到一半，寄子冷不防从吧台对面探过身来，纤纤玉手里拿着一个盛满琥珀色液体的咖啡杯："让您久等了，请用这杯混合型咖啡吧……"

她颤抖着小声说道。

6

这是一个质朴无釉的咖啡杯，俗称"备前烧"。杯子里盛着寄子刚调制好的混合型咖啡。我呷了一口，说不上好，也不能说味道不正，隐隐有一种暧昧难辨的感觉。于是，我一边喝着咖啡，一边继续说下去。

当我说到发现尸体的情节时，夕月茜突然发问："你说的那扇天窗难道是凶手作案的出入口吗？"

我点点头："当时是这么认为的。那扇天窗呈长方形，约有30×80厘米大小，像我这种不胖不瘦、中等身材的人完全可以出入。窗框的结构也很普通，只是通过窗玻璃的横向移动开闭窗户，而且天窗也没有上锁。从我当时所在的会客室位置来看，那扇天窗位于对面屋顶的坡面上，正巧是我看不到的死角，所以凶手一定是通过那扇天窗进入小屋杀害了隆文先生。"

"案发的时间大概是几点？"

"应该在当晚8点半到10点的时间段，极有可能是9点前后。我曾经反复地向警察问过案发时间的问题，他们推断是这个时间段。隆文先生进入小屋的时间是晚上8点半，在此之前他毫发未损，所以这样推断是不会错的。"

"也就是说，在你打瞌睡之前，隆文先生已经遇害了。"夕月茜呷了一口特制的维也纳咖啡，"他的死因是绞杀吗？"

"多半是的。我当时看到他的脖颈被绳索紧勒着，身体的其他部位没有明显的外伤。估计凶手用绳索绞杀了隆文先生之后，再把尸体绑在十字架上。"

"你是说凶手杀死了被害人后才对尸体实施磔刑？有没有与之相反的情况？"

"你说的相反情况，是指凶手在被害人还活着的时候对其实施磔刑，然后再绞杀吗？不对，警方没有这种说法。一定是凶手绞杀被害人后再把他绑在十字架上的。做出这个结论很简单，只要通过现代科技手段对尸体进行勘验就能弄清楚，到底是杀了之后绑上去还是绑上去再杀了应该是不难判别的。"

"我明白了。把被害人活着绑上十字架，身上会留下抵抗的痕迹，如果凶手不想让被害人抵抗，就会强迫他吃安眠药或者直接杀害。不管采用哪种手段都会留下作案的痕迹。用现代科技手段能够准确地判明杀人和磔刑的先后顺序。"

我不解地问道："了解先后顺序有那么重要吗？"

女警官双手托着下巴，沉思道："如果凶手有复仇的作案动机，就会事先把被害人绑在某个物体上，然后慢慢地实施各种恐怖手段将其折磨至死。从现场来看，这个绑人的物体就是十字架，这对凶手来说足够了，因为十字架的形状最适合捆绑人。"

"我也是这样想的。凶手把被害人绑在十字架上是为了对其进行恐怖的非人折磨，而不是实施磔刑。"

"但是凶手并没有这样做，却把死亡的被害人特意绑在十字架上，究竟是出于什么动机？难道是为了符合宗教仪式吗？我再问一下，那个十字架是教会的十字架吗？"

"不是，不是，它根本不是教会的圣物。那个十字架只不过是由两块细长的木板组合而成，交叉部位是用绳索固定的。而且捆绑的方法很粗糙，绳结就像一个胡乱捆扎的绳球。那两块木板是附近建筑工地上到处都有的材料，也没有上过油漆。总之，就是一个就地取材、制作极其粗糙的十字架，固定尸体是足够了。"

"对于凶手来说，也许固定尸体是非常重要的一环。他是怎样捆绑尸体的？就用绳索紧紧地捆绑吗？"

"也不完全是这样。就我当时所见，好像脖颈和双脚捆绑得很紧，左右两只手则相对宽松一些。不过，说是宽松，被绑的手臂也无法从绳索中挣脱出来。"

"哦，是这样啊。这也许是表示某种意思。"夕月茜呷了一口咖啡，轻轻地自语着，又提出了一个唐突的问题，"现在已经知道了犯罪嫌疑人的名字吗？"

"我一直在暗中调查这个问题，还没有定论，只不过罗列了一些有犯罪动机的人……"说到这儿，我竖起一根手指，"我觉得绿川静子夫人最可疑。"

"你不是一直受到夫人的关照吗？"

"我是受到夫人的很多关照，但她毕竟是隆文先生的妻子。现在先生遇害了，首先怀疑夫人也许是失礼的行为。"

"这也算不上失礼。"夕月茜耸了耸肩，"你怀疑夫人的根据是什么？"

我沉吟了半晌，说道："首先是犯罪的动机。当然了，隆文先生死后，他的遗产就归于夫人的名下。其次是犯罪的机会。案发的那天夜晚，她把监视隆文先生的任务交给我，自己则回到房间里。这样就无法证明她不在犯罪现场。也许她趁着夜黑无人的机会，很方便地进入小屋杀了自己的丈夫。她事先安排我监视小屋只是个巧妙的伪装，从中就可以嗅出她精心设下圈套的气息，难道不是吗？"

"你的话也有一定道理。不过，她叫你暗中监视，自己不是更难作案了吗？所以我觉得这个推理不成立……再说说第二个嫌疑人。"

"第二个嫌疑人当然是隆文教授那个不伦之恋的对象竹下弓绘。她是神奈川文化大学的四年级学生，最后考取了隆文先生的研究生。弓绘常常和导师绿川隆文教授讨论自己的毕业论文和人生的道路，两人的关系日益亲密，最后发展成不伦之恋。事后弓绘本人也承认了这一点，我想大概不会错的。"

"她本人也承认了？真是匪夷所思。现在的女大学生不知怎么想的，有了不伦之恋也满不在乎……"

我不禁笑了："你在学生时代难道不开放吗？"

"没有，我们读大学的时候都是非常洁身自好的。"夕月茜目光深邃地注视着茶室的墙壁，"你说说，竹下弓绘杀害绿川教授的动机是什么？"

"我曾想过好多种可能性。比如，她提出要和教授分手被拒绝了。再比如，弓绘遇到了合适她的恋人，而教授的存在妨碍了她和恋人的交往等等。"

"你的推论还是没有超出想象的范围。弓绘有不在现场的证明吗？"

"她的家人证明，在案发的当晚，竹下弓绘和他们在一起。不过家人的说法缺乏说服力，况且还有其他的证言。"

"其他的证言？"

"有人证明，那天晚上，他亲眼看到有个像竹下弓绘的年轻女子在现场附近的马路上出现过。做证的是个男高中生，说那晚9时许，他从学校回家，偶然从现场附近经过，看到绿川宅邸旁边的马路上停着一辆轻型小汽车，驾驶座上坐着一个年轻的女子。由于当时天黑，他看不清女子的容貌，但记得小汽车的车型。后来据警方调查，那个车型和竹下弓绘的轻型小汽车完全一致，况且晚上9时许正是推断的案发时间段，那个年轻女子极有可能是伺机作案的竹下弓绘。"

"不过也有这样的可能。"夕月茜打断了我的话，"不是同一辆车，只是车型恰巧相同而已。至于第三个嫌疑人嘛，我想就是村崎莲司君了。"

"什么？我也成了嫌疑人？"我惊诧地瞪大了眼睛。

夕月茜的脸上露出怀疑的表情："警方经过调查后，应该有一份犯罪嫌疑人的名单，难道你不在名单里？"

"这个嘛……"我无法否认这个事实，不得不重新振作精神解释道，"不是吹，我是本案的重要人物，许多刑警都很看重我。"

"这也很正常，在案发的那天晚上，你是绿川宅邸中唯一的外来男性，警方把你视作嫌疑人也无可非议。"

"你说得有道理，但我不是凶手。其实，第三个嫌疑人不是我，是一个名叫鹤见雅之的大学生。他也是神奈川文化大学的四年级学生，现在同样是绿川教授的研究生。"

"如此说来，他是绿川教授的学生，也是竹下弓绘的同学，对吗？"

"是的。他是竹下弓绘的前男友，有可能认为是绿川教授夺走了自己的女友，因而产生了作案动机。"

"他有不在现场的证明吗？"

"鹤见说那时候他在自己的公寓里，但是没有旁证。一个独自生活的大学生，没有人证明也是很正常的。"

"嗯。那么第四个嫌疑人是谁呢？"

"我调查的范围里只有这三个嫌疑人，凶手一定在这三人之中。"

我那结论似的声音直达高高的天花板。夕月茜没有立刻表态，却提出了另一个问题："如果这三个嫌疑人中有一个是凶手，他是如何实施犯罪的呢？"

"我想整个过程应该是这样的：那天晚上8点半，隆文先生和我们一起用过晚餐后独自去了那间小屋。没过多久，凶手就从天窗进入了小屋……"

"怎么会是这样呢？如果隆文先生进入小屋后凶手再进来，不会引起很大的骚动吗？凶手会不会8点半之前就进去了？"

"也有这种可能，而且更符合实际情况。"我连忙调整了思路，"凶手提前进入小屋躲起来。毫不知情的隆文先生走进小屋后，凶手就用绳索绞杀了他。接着，又用绳索把事先带入的两块木板捆扎成一个十字架，再把隆文先生的尸体绑在十字架上。作案后，凶手通过天窗爬上屋顶。如果他事先就从屋顶放下绳梯，离开小屋并不困难。为了不让正在会客室里监视的我发现，凶手就从小屋后面的屋顶上设法下到地面，趁着茫茫的夜色溜之大吉……"

"嗯，这样好像也说得通，大致描述了作案的过程。"女警官说着，又问吧台里的寄子，"你对这个案子是怎么想的？"

我不明白她为什么要问寄子。

夕月茜急切地催促道："不要闷头喝咖啡了，快发表你的高见。"

什么？她也在喝咖啡？我歪着头朝寄子那边看去。

寄子正坐在那把高背椅子上悠然地喝着咖啡。

既然她是这家茶室的主人，现在又是接待客人的时候，怎么可以为自己调制一杯咖啡，随意地喝起来呢？如果在平时，我肯定会向她提意见，但她今天对我态度还好，所以我不想当场责怪她，而是附和着问道："你觉得我的推理还可以吗？"

寄子的脸上飞起了红晕。她一口喝光了杯里的咖啡，把咖啡杯"啪"地一下放在托盘上。由于用力过猛，那只托盘顿时四分五裂，掉下的碎片发出"啪啪"的响声，变成更小的碎片，洒满一地。

我惊得一时哑然无语。寄子也无心去整理破碎的托盘，只是睨视着我，问道："您说什么？问我对您推理的想法？"

她刚才对着我局促不安的样子完全看不到了，反而显现了从高高在上的位置俯视下方的傲慢，脸上也明显地露出"极不愉快""极不满足"的表情。她以独特的言辞轻蔑地回答："你的推理太浅薄，就像我一服堂的混合型咖啡太甜了。我想听的是带有'苦味'的推理，所以你让我彻底失望了。"

7

"太浅薄了？！"我对寄子的突然变脸一时难以接受，只是瞠目结舌地坐在吧台的一边看着她。

坐在旁边的女警官对寄子的变化并不感到惊奇，依然平静地喝着咖啡。这时候，我的头脑里一片混乱：我是茶室的客人，为什么要接受茶室主人的无情批评？

经过短暂的沉默，我终于忍不住开了腔："你说得没错，贵店的混合型咖啡确实太甜了，缺少苦味。刚开始喝的时候还感到咖啡的味道不足，但考虑到是寄子小姐特意为我调制的，所以今后还想喝这样的混合型咖啡……"我的目光越过吧台注视着寄子，"说我的推理太浅薄是什么意思？根据案情的经过和嫌疑人的顺序来分析有什么不对？你得给我说清楚！"

"啊呀，我只是实话实说罢了，你何必不高兴呢？看来还是我调制的混合型咖啡好，虽然太甜，毕竟还掺有其他成分。"

"你得说清楚，我的推理到底浅薄在哪里？"

我的话引起了夕月茜的反感。"你说话不会用敬语吗？"她不满地说。

我没有理睬她，依然余怒未消地逼视着寄子："你必须回答我！"

"好吧，"寄子平静地回答，"那我就不客气了。村崎先生刚才列举了三个嫌疑人，为什么没有提到大岛圭一？你为什么把他排除在嫌疑人名单之外呢？"

"这很简单。首先，他没有杀害隆文先生的动机。"

"哦，您说动机？"寄子轻蔑地从鼻腔里哼了一声，"我根本不在意什么动机。有的杀人案从表面上看似乎没有杀人的理由，不照样在某种场合使凶手产生了杀意吗？所以这不能作为判断的根据。"

"那好，我们先把动机的问题放在一边，但他还是不可能成为凶手，因为他的身体……"

"你的意思我明白，他身体肥胖，无法通过天窗进入小屋。"寄子抢先说道，"大岛的身高与村崎先生差不多，体重却超过两倍，是个名副其实的大胖子。天窗只能通过村崎先生这种体格的人，而大岛硕腹肥臀，根本进不去，所以可以断定大岛不是凶手。村崎先生想说的不就是这个理由吗？"

我承认："是的。与推理相比，最重要的还是事实，所以大岛绝对不是凶手。"

寄子好像有意和我作对似的摇着头："您的推理就是浅薄嘛，就像一服堂的混合型咖啡。"

"一服堂的咖啡不是你亲自调制的吗？"我气极了，直接用手指指着她，悻悻地嚷道，"不喝甜咖啡了，来杯苦的吧！"

"好的，马上给你们送上现在流行的苦咖啡。"寄子说着又开始忙碌起来。

夕月茜解释道："她喜欢将炒熟的咖啡豆现磨后再采用蒸馏法萃取咖啡。"

"采用名牌的罐装咖啡调制不也一样吗？"我的头脑里突然闪过这样的念头，很快又自我否定了。如果只是单纯地拿罐装咖啡来调制，对一个茶室的经营者来说是最无趣的事了。想到此，我不由得对寄子高看了一眼。

没过多久，寄子重新往吧台递上两个备前烧的咖啡杯。我和夕月茜小心地端起咖啡杯，珍惜地呷了一小口黑褐色液体。

两人几乎同时露出痛苦的表情。夕月茜忍不住叫了一声：

"啊，太苦了！"

"唔，是很苦。"我附和道，"不过苦也是一种美味，是美味的苦。确切地说，这才是茶室的正宗咖啡，是一种历尽人生苦涩的成人味道。"说到这儿，我不满地对寄子说，"我不是有意要喝苦咖啡，而是要你说我的推理并不浅薄。"

"明白了，请您不必那么紧张。"寄子手里拿着咖啡杯，重新坐在那把高背椅子上，直接面对着我。她呷了一口刚才亲自调制的咖啡，因苦味而微微皱起眉头，然后平静地把咖啡杯放在托盘上。

她再次向我确认："您真的认为大岛圭一杀害绿川隆文是不可能的吗？"

我不屑地耸耸肩："当然是不可能的，大岛身体肥胖，根本不能通过天窗进入小屋。他再怎么用尽心机也无法杀害小屋里的隆文先生。那间小屋对大岛而言是处于密室状态，如果大岛是凶手，他的犯罪就是密室杀人。"

"您说得似乎有点道理。但是我们无法否认这一点：所谓的密室杀人是人为的假象，通常是无法进入密室的人为了谋取自身利益而布下的疑阵，所以那个获取利益的人才是真正的凶手。"

"嗯？"听到寄子如此简单而尖锐的剖析，我不禁吓了一跳，"也许吧，但是大岛要怎样做才能达到目的呢？"

"一个无法进入小屋的人，要作案只能在小屋外面杀死被害人，这种可能性是存在的。案发那晚8点半，已经进入小屋的绿川隆文自己通过天窗爬上屋顶，在那儿遭到了暗杀……"

"请等一下，隆文先生为什么要模仿那些小毛贼的行径呢？"

"当然，平时完全没有这个必要，但是那天的情况有点特殊。如果事先知道有人在对面的会客室里暗中监视，他会怎么办？虽然无奈但又不甘心错过一次和情人幽会的机会。如果有人愿意帮他秘密离开小屋满足私欲，他会怎么办？"

"哦，你说的是这种可能性？"夕月茜细细地体味着寄子的话。

寄子继续说下去："由此看来，目击者说在绿川宅邸附近的马路上看见的那个年轻女子就是竹下弓绘。因为竹下弓绘和绿川隆文已经约好在那天夜晚幽会，一旦隆文先生偷偷离开小屋，就能坐上弓绘开的小汽车直奔情人旅馆。静子夫人事先察知内情后，特意叫村崎莲司先生藏在会客室里监视小屋的动静。与此同时，隆文先生也知道了夫人的举动，就在他急于出去幽会又无法脱身的关键时刻，有人帮他出了主意，说'您从天窗偷偷地爬上屋顶就行了，我会在天窗外面为您搭好绳梯'。他的说法一定很有诱惑力。"

"有道理！"我不得不对她的推理表示赞同，"如果真是这样，隆文先生是自愿爬上屋顶的，那个协助者就是大岛，是他在屋顶上杀死了隆文先生。这从推理上说得过去。但是，问题又来了，我们是在小屋里发现隆文先生被绑在十字架上遭受磔刑的尸体。如果大岛要对尸体实施磔刑，必须进入小屋，这可能吗？"

"那您说是什么原因？"寄子严肃地反问我，"其实，也不用想得太复杂，大岛在屋顶上对尸体实施磔刑是完全可能的。如果他事先准备好两块长木板和绳索的话，是可以当场操作的。小屋的屋顶坡度应该不会很陡吧？"

"但他对尸体实施磔刑后怎么把尸体运进小屋里呢？"

"当然是通过天窗运进去的，除此之外没有其他的通道。"

"你说什么？绑在十字架上的尸体根本无法进入天窗，而且大岛也绝对进不去，你说这话好像没有动脑子。"

"不错！"寄子突然用手指指向我，"因为实施了磔刑的尸体无法进入天窗，所以一定是在小屋内实施磔刑的，谁都会这样想。这恰恰是凶手给我们设的局，大岛把绿川隆文的尸体绑在十字架上的理由就在于此。"

寄子的语气中充满了自信，但我还是不能接受："绑在十字架上的尸体确实无法通过天窗运进小屋，难道这不是事实吗？"

寄子嫣然一笑，说道："绑在十字架上的尸体进不了天窗，这是人们固定的想法。但是您要搞清楚，通过天窗把尸体运进小屋的时候，十字架根本没有成形。"

"嗯？那时候十字架还没有成形？"我一时糊涂了。

寄子悠悠地开口道："我来告诉您吧。大岛先用一块木板绑上死者的两只手，然后再用另一块木板绑上死者的双脚。"

"这就是十字架的形状，实施磔刑不都是这样的吗？"

"您说得不对！因为那时候的两块木板是分开的，还没有用绳索捆扎起来，所以没有形成十字架的形状。"

"没有形成十字架的形状？我不明白。"

"我的意思是，捆绑双手的横板和捆绑双脚的竖板在那时候是可以根据尸体的形态变动而适当活动的。"寄子离开椅子笔直地站立，然后平行地伸开两只手臂，"如果死者的双手是这样捆绑在横板上的话，绝对进不了天窗，因为两只手臂会碰到窗框，但是……"寄子把右手臂贴着耳朵高高举起，左手臂贴着腰部垂直向下，"这样一来，死者的一只手臂向上，另一只手臂向下，会出现怎样的情况？纵板和横板的角度就大致相同了，尸体就成了一个垂直的棒状物体，不就可以通过那扇小小的天窗了吗？"

寄子的话令我对她刮目相看，我不得不承认道："这样确实能通过天窗……"

她又继续说道："当然，让尸体直接从天窗掉到小屋的地上会发出很大的声响，凶手也注意到了这一点，所以他是用绳索吊着尸体慢慢地放下去的。"

我对这种设想还是心存疑虑："也许是这样的，但是尸体是用绳索吊着从天窗垂直放下去的，无法改变一手向上、一手向下的状况，不能形成十字架的形状。"

"是的，刚把尸体放到小屋地面时确实没有形成绑在十字架上遭受磔刑的形态。其实，解决的办法也很简单，只要改变手臂的角度就行了。操作起来也不复杂，可以从天窗放下两根晾衣服的竿子夹着死者手臂改变摆放的方向，调整到横向平行伸展的角度。如此一来，随着尸体形态的变动，捆绑着两只手臂的横板也一起变动。虽然有些麻烦，但只要小心认真地操作就不困难了。"

我听了不胜钦佩，认为寄子的说法切实可行。

这时候，冷不防夕月茜拍了一下吧台，大声说道："啊，原来是这么回事！所以凶手事先不能把死者的两只手臂捆绑得太紧，否则后来调整死者的手臂和身后的木板方向就很困难了。"

寄子高兴地点点头。

我继续发问："大岛作案结束后，还会做什么呢？"

寄子回答："那天晚上，大岛就这样完成了作案的过程。他关闭天窗，下了屋顶，在黑暗中利用小屋的死角逃离了现场。不过，他还留下了一项重要的工作，准备到第二天早上再完成。"

我猜想道："不就是发现尸体的那天早上吗？当时，夫人已察觉到小屋里可能发生了异变，立刻嘱咐我去厨房拿小屋的总钥匙。没想到在厨房门口碰到了大岛，看来这绝不是偶然的。"

寄子娓娓分析道："是的，那当然是经过精心算计的行动，大岛早已料到有人会来拿小屋的总钥匙，所以事先待在厨房门口，巧妙地趁机加入了你们的行列。他和你一起陪着静子夫人去了那间小屋。虽然开门锁的是静子夫人，但是发现房门上挂着防盗链后提出'砸碎窗玻璃'建议的却是大岛，而且捡起地上的石头，砸碎窗玻璃，打开窗户的也是他。当他拉开窗帘的时候，你们看到了什么？"

"看到了一个捆绑在十字架上遭受磔刑的男子……"

"嗯，你们应该能看到的。但是仔细推敲一下，就知道那时的十字架还没有成形，你们当时看到的只是捆绑在木板上的绿川隆文的尸体而已。"

"噢，请等一下！"我若有所悟地问寄子，"现在回想起来确实有点怪。那时候，大岛率先跳窗进入小屋，然后用手把隆文先生的尸体从地上斜抬起 50 厘米左右的高度，向我们显示确实是隆文先生的尸体。要是正如你说的那样，捆绑尸体的木板是分散的，没有捆扎成十字架的话，大岛用手抬起尸体的目的就是通过外力把两块木板临时拼凑成十字架的假象，让我们产生这样的错觉……"

寄子摇头否定了我的推测："不是这样的，这时候就是抬起尸体也不会破坏绑在十字架上的外形，虽然尸体后面的两块木板还没有捆扎成十字架，但已经牢牢地固定为十字架的形状了，因为绿川隆文的尸体状况已经发生了变化。"

"嗯？尸体状况发生了变化？你这话是什么意思？"我苦苦地思索着，夕月茜再次拍手叫道，"我明白，尸体已经僵直了！""尸体僵直了？！"我依然一头雾水。

寄子解释道："一般来说，人刚死后，尸体要过两三个小时才会开始僵直。如果是夏天要六个小时，冬天则需要半天才能达到全身僵直的程度。现在是春季，大约需要八到十个小时。如果绿川隆文是在晚上 9 点左右遇害的，那么到第二天早上 7 点，他的尸体早已僵直了。"

"是吗？"我仔细地体味着寄子的话，终于豁然开朗，"隆文先生的尸体僵直之后，他的两只手臂平行伸展的姿势也僵直了，所以绑在他身上的两块木板也牢牢地固定住了，自然地形成了十字架的形状。"

"正是如此，当时在村崎先生和静子夫人的眼里，尸体应该是被绳索绑在十字架上的。事实和你们看到的正相反，恰恰是因为尸体变僵直了，两块原来分开的木板才好不容易地形成了十字架的形状。"

寄子的推理彻底颠覆了我原来愚蠢的设想，但我依然感到困惑，"两块木板只有用绳索捆扎起来才能说完成了十字架的制作，难道是在我们发现了尸体之后才完成了这个制作吗？"

"是啊，大岛确实有完成制作十字架的机会。他独自一人从窗口跳入小屋，确认了绿川隆文的尸体状况后，让村崎先生和静子夫人回到小屋的门口再进来。静子夫人本来就不敢跳窗而入，而村崎先生是客人，也不便这样做，所以你们只得听从大岛的吩咐重新回到小屋的门口。虽然时间很短，大岛在没人看见的情况下，还是能用绳索快速捆扎好十字架。"

寄子的解释使我脑洞大开。

"确实如此！大岛就是利用了这个短暂的间隙完成了十字架的制作。他迅速地把尸体翻过身来，用事先准备好的绳索把横板和竖板的交叉处捆扎好。他的捆扎很粗糙，甚至在绳结处形成了一个绳索团，这恰好说明当时时间太紧，捆扎太匆忙才造成这样的结果。捆扎好十字架后，他又把尸体翻过来恢复了脸朝上的原样，然后再去解开房门的防盗链，若无其事地把我和夫人迎入小屋。由于这毕竟需要花费一点时间，所以我和夫人才会在小屋的门口莫名其妙地等待了一会儿。"我分析了一下当时的情况。

寄子道："您说得没错。村崎先生和静子夫人，还有随后闻讯赶来的警署的刑警们都目睹了绿川隆文被捆绑在十字架上遭受磔刑的尸体。那两块木板虽然很粗糙，但确实被绳索捆扎成十字架的形状，他们同时以为尸体是被绑在已经做好的十字架上遭受磔刑的，所以大家都觉得这是一起猎奇的杀人事件，凶手一定是通过天窗逃走的。谁都不会想到案件的真相与此大相径庭。真正的凶手是那个看似不可能的大胖子大岛圭一，是他在小屋的屋顶上用绳索把绿川隆文的尸体吊落到小屋里的。由于这个原因，大岛至今还被排除在犯罪嫌疑人的名单之外，这就是整个案件的真相。你觉得我分析得怎样？明白我说的意思吗？"

我默默地点着头，邻座的夕月茜警官也发出啧啧赞叹："寄子你真了不起，不愧是'安乐椅子侦探'。"

确实，按照寄子的推理，大岛极有可能是作案的凶手。他在发现隆文先生尸体时的那些不自然的行动就能充分说明这一点。更重要的是，这个充满神秘色彩的十字架磔尸案现在有了合理的解释。在寄子严密的逻辑推理下，那个人人闻之色变的奇案显出了不堪一击的纸老虎原形。那个狡猾的真凶为了从警方的搜查网中逃脱真是费尽了心机。

"你能做出这样的推理分析，真是太神奇了……"我也对寄子连连称赞。寄子摇摇头："不是我的推理神奇，而是大岛圭一狗胆包天，破绽太多。"

我不认同寄子的观点，可依然对她的聪明才智赞赏有加。在这个空寂的茶室的吧台中，寄子竟然在短时间内就轻松地解答了这个连警方都感到头痛的难题，所以我对她那优异的推理能力可用"敬畏"两个字来表达。与此同时，我的内心也跃动着难以言表的喜悦。如此一来，我不就能圆满地写好那篇报道了吗？总编说过，要写出富有独创性的故事结局，现在就能满足这个要求了。说实在的，寄子的推理是否正中靶心，我不敢断言，因为现在还没有确证，不能不考虑到真凶并不是大岛的可能性。不过，即便如此也没关系，寄子的推理正符合总编求之不得的"独创性"。如果他看到我重新写好的报道，想必再也不会拍着桌子说什么"喊，这不过是《现代周刊》上刊登的破文章罢了"。

此时，我只想尽快离开这家茶室，赶紧动笔写出报道的结局。

我站起身来，指着旁边的夕月茜，对寄子说道："请结账，她的那份也由我来支付。"

"那不行，你没有请客的理由。"夕月茜急忙从自己的钱包里掏钱。我使劲地摇着头："这是应该的，是你把我带到这儿来的。我想感谢你都还来不及呢。"我愉快地支付了两个人的费用。花这点小钱就能获得破案的妙方，特便宜。离店的时候，身后响起了寄子客套的话音："欢迎您下次再来。"

我在路上匆匆地走着，后面不断传来夕月茜急促的脚步声。我一边走，一边回头说："你不必这样急，慢慢走就行了。"

夕月茜快步赶上来："那可不行，我是个刑事警官，绿川家的案件虽然不属于我管，但是我在镰仓警署也有几个朋友，我要把寄子的推理告诉他们。"

"哦，是这个样子啊。我真希望我的报道在见诸《未来周刊》的同时，那个真凶也能被警方绳之以法。"

"什么？你果然是放谈社的记者，想不到你还是个撒谎的家伙！"

糟了，这下露馅了。我不好意思地伸了伸舌头，趁机又问："寄子到底是什么人？你说她是那家茶室的主人，但她看来很不简单啊。你一定对她很了解吧？"

夕月茜加快了脚步："我也不是特别了解她。你想知道她什么么？"我提出一个最简单的问题："我不知道她的全名，能告诉我吗？""你问这事呀？"夕月茜脱口说道，"她的名字叫'ァンラクヨリコ'，'アン'是安心的'安'，'ラク'是快乐的'乐'。""哦，她叫'安乐'吗？这个名字倒很少见。难道她的全名是安乐寄子？"

"不是'寄子'，是'椅子'。因为'ヨリコ'也可称为'椅子'，就是木字旁加个奇的'椅'字，明白吗？"

"那你刚才为什么叫她'寄子'？"

"她不喜欢别人知道她的真名，所以我通常叫她'寄子'，取个谐音而已。"

"什么？她的全名叫'安乐椅子'？！"我猛地停住脚步，回头遥望着那间带有古民居风格的一服堂茶室，脑海里再次浮现出寄子穿着连衫围裙的模样，想起她在吧台里讲述的严丝合缝的推理……

我怀疑地再次确认："她的本名是'アンラクヨリコ'，真的叫'安乐椅子'？"

"是的，"夕月茜认真地回答，"她是叫'安乐椅子'。有人叫她'椅子'小姐，也有人叫'安乐'小姐，甚至还有人叫她'安乐椅子侦探'，我就是这样叫的。"说到这儿，她的脸上露出戏谑般的微笑。

我表情讶异地轻轻念叨着："'安乐椅子'？对，应该叫'安乐椅子侦探'！"

我呆呆地站在路边，继续凝望着一服堂的方向……